羽と劉邦、あと田中
3

登場人物紹介

斉【せい】

田中（たなか／でんちゅう）

主人公。秦（しん）時代末期にタイムスリップし、田横に名を田中（でんちゅう）と田氏一族と勘違いされ助けられる。それを恩義に感じ田氏滅亡の未来を変えようと奮闘する。

田横（でんおう）

秦に滅ぼされた斉国の王の子孫で、再興した斉の将。仁義に篤く人々に慕われる英雄の器。助けた田中を気に入り相棒として行動を共にする。

田栄（でんえい）

田横の兄で再興した斉の宰相。整った顔立ちから常に冷静で穏やかに見えるが激情家。

田儋（でんたん）

再興した斉王で田栄、田横の従兄。おおらかで義を重んじ、栄、横兄弟からも尊敬されている。

田広（でんこう）

田栄の息子。気弱であったが田中と田横との旅を経て大きく成長。しかし若年のため留守を任されることが多い。

田市（でんふつ）

田儋の息子で再興した斉の太子。一族への想いが強いが、臆病。しかしそれを隠すために強がって高慢な態度をとる。

田突（でんとつ）

田氏の一族。母方が騎馬民族の出身で馬の扱いは随一。生真面目で無口な性格。

華無傷（かぶしょう）

古くから田氏に仕える華一族の若者。軽い性格だが将としての才能を見せ始める。

蒙琳（もうりん）

趙高に暗殺された蒙毅の娘。亜麻色の髪に劣等感を抱いていたが田中のお陰で払拭した。田中と惹かれ合い、婚約する。

蒙恬（もうてん）

蒙琳の伯父。秦に仕える名将であったが始皇帝を暗殺した趙高の奸計により処刑されそうになる。それを田中達に助けられ、斉の客将となる。

沛【はい】

劉邦（りゅうほう）

任侠を気取っていた沛の小役人であったが、田中の手助けもあり陳勝呉広の乱に乗じて沛の主となる。独立不羈を貫こうとするも思うように勢力が伸ばせず、他勢力の傘下に入るか思案中。

張良（ちょうりょう）

秦に滅ぼされた韓（かん）国の宰相の家系。韓再興のために道を模索している中、劉邦と運命的な出逢いを果たす。

蕭何（しょうか）

劉邦の独立を助けた元沛の役人。損な役回りが多いが内政面で劉邦を支えている。

夏侯嬰（かこうえい）

沛の厩舎係（馬の世話や御者）であったが、兄貴分である劉邦の御者として付き従う。

曹参（そうしん）

元沛の官吏。蕭何と共に劉邦を支えている。

楚【そ】

項羽（こうう）

秦に滅ぼされた楚の大将軍項燕（こうえん）の孫。叔父項梁の元で苛烈で冷酷な将としての才を見せ始めるも反面素顔は素朴な青年。

項梁（こうりょう）

秦に滅ぼされた楚の大将軍項燕の末子。慎重で思慮深い性格だが心中に激情を秘めている。満を持して会稽を発ち秦打倒へと動き出した。

項伯（こうはく）

項梁、項羽を影から支える項梁の異母兄。

黥布（げいふ）

本名は英布（えいふ）。秦に捕縛されていた元盗賊。罰として顔に黥を彫られたがむしろ気に入り、自ら黥布と名乗る。陳勝呉広の乱に参加したが、独力の限界を見極め項梁の傘下に入る。

范増（はんぞう）

七十を超える老人。余生を静かに暮らしていたが項梁が中原へ進出したと聞くと、故郷の居巣からその足で千里を渡り、下邳の項梁を訪ね参謀となる。

秦【しん】

章邯（しょうかん）

秦の将軍。軍務の乏しい九卿の一人であったが、祖国滅亡の危機に立ち上がり秘められた軍才を発揮する。宦官趙高の不穏な動きに注視しながらも反乱軍討伐に尽力している。

趙高（ちょうこう）

始皇帝を暗殺し、二世皇帝胡亥を裏から操る宦官。欲望を満たそうとする反面、その空しさから破滅も望んでいる。章邯の予想外の躍進に眉を顰めている。

胡亥（こがい）

秦の二世皇帝。趙高を恐れながらも栄華を保つため、自身を皇帝に擁立した彼を盲信している。

別斉【べっせい】

田假（でんか）

秦に滅ぼされた斉の最期の王、田健の弟。老齢で気力に乏しく田安、田都に黙って付いて行くのみとなっている。

田安（でんあん）

秦に滅ぼされた斉の最期の王、田健の孫。自尊心が高く傲慢な策謀家。再興した斉を認めず自身が斉王となることを画策している。

田都（でんと）

田假、田安に従う一族のひとり。将才と野心に溢れる男。田横に対抗心を燃やしている。

張耳（ちょうじ）

旧魏（ぎ）の臣で外黄という県で、県令を務めたこともある名士。陳勝呉広の乱を機に武臣を擁立して趙（ちょう）を再興させ、武臣が討たれると亡趙の公子であった趙歇を擁立して秦に反抗を続ける。陳余とは刎頸の交わりの仲。

陳余（ちんよ）

張耳を敬い、長年秦から逃れていた。張耳と共に趙を再興するも、張耳と軋轢が生じ始める。

上郡
河水
邯鄲郡
狄
臨淄
東安平
即墨
濰水
博陽
濮陽
范陽
東阿
胡陵
莒
沛
安邑
咸陽
臨済
亢父
留
泗水郡
滎陽
洛邑
城陽
薛
下邳
渭水
驪山
函谷関
陳郡
彭城
襄城
陳
大沢郷
盱眙
淮水
会稽郡
広陵
呉
秣陵
江水

第12章 会遇

楚王を名乗る景駒の下へ逃げたという田假達を追い、なんとも言えぬ不安を抱えながら留という邑へ辿り着いた俺達は、早速楚王景駒へ謁見を申し入れた。

留の城はさほど大きくなく、そこへ人が列を成している。

陳勝に謁見した時の陳ほどではないが人は多く、楚王景駒に会うのには時間がかかりそうだ。

数日を過ごし、再び城へと赴くこととなった。


しかし漸く通された城の一室に待っていたのは景駒ではなく、景駒を擁立し補佐する秦嘉という男だけだった。

先ずは彼と会見して意見をすり合わせて、その後景駒と謁見ということかな？

「斉の将、田横です」

「同じく斉の田中です」

俺達は秦嘉たちに慇懃に礼を表す。

「秦嘉である。そちらから参って来るとは殊勝な心掛け」

随分尊大な物言いだな。

不快感を呑み込み、田横は応える。

「はっ、この度は我が一族の田假、田安、田都がこちらに逃げ込んでいるとの報を受け、参りました。恥ずかしながら田氏の揉め事、他国の手を煩わす訳には参りませぬ。お引き渡しを」

田横の返答に秦嘉は顎を撫で、視線を上空に漂わせた。

「ふむ、斉へはそのことで使者を出そうと思っておった。田假殿達はここを訪れたが今は居らぬ。追われていると姿を隠しておる」

やはりここへ来ていたのか。使者を出そうとしていたということは、引き渡してくれるつもりだったのか。それならばありがたい。

「ではその居場所をお教え願いたい」

田横が少し急いた様子で言う。

「いや、待たれよ」

秦嘉は見上げていた視線を田横へ戻し、嫌らしい笑みを浮かべ言葉を続けた。

「我が楚は、斉王の直系の子孫や王弟を差し置き王を名乗る田儋を王と認められぬ。我らが認める正統な血族を王と迎え楚王を盟主と仰ぐなら、我が楚との連携が叶おう」

は？　何を言ってるんだ、こいつは。

余りの傲慢な態度に俺は言葉を失う。

「そもそもこの乱は大半が楚人であり、我ら楚人が主導し、秦を大きく追い詰めた。各地で独立の機を作ったのが我らであることは明白である。同じ王とはいえ盟主が必要であり、それが楚王となるのは自然のことであろう」

本気か？

陳勝がリーダーを気取るのは百歩譲ってわかるが、こいつら陳勝がいなくなったどさくさに紛れて王を名乗り始めた奴らだろう。

「盟主が他国の王位に干渉する例は多々あった。この度の斉の騒動、元を辿れば田儋の身の丈に合わぬ野心が発端である。直ちにその王座を正統な血統に譲り、改めて使者を寄越されよ。そうすれば楚と斉は手を取り合い、秦の支配を終わらせることができよう」

盟主がと言うが、現段階で盟主でもなんでもないこいつらに内政干渉される謂れはない。

田假を王位に就けて恩を売り、都合よく操ろうとして何かしら理由をつけているのだろうが……。

そんな怒りと呆れを覚え、田横の表情を窺う。

あー……表情がない。いや血管が浮き出たこめかみが全てを物語っているわ。

田横は家族や一族を誇りにしているからなぁ。父親代わりの田儋を侮辱されたら、そうなるよな。

俺にとっても狄の田家は今や家族同然だ。

俺もかなり頭に来た。

何か言おうとする田横を止め、怒りに染まる瞳を見て言葉なく訴える。

――口喧嘩なら俺の出番だろ。

俺と田横は視線を合わせ互いに頷き、同時にふぅと一息、怒りと共に吐き出した。

そして田横は静かに一歩引き、俺は逆に一歩出る。

「あの、よろしいですか？」

問いかける俺に秦嘉は見下した目を向ける。

「なんだ」

「わが斉王の即位に異を唱える景駒様は、王の正統な後継で？」

秦嘉は不機嫌そうに眉を上げるが、この質問は想定通りなのか咳払いをして畏まり、語り始める。

「景駒様の景氏は楚の平王の長子、子西様から始まる公族で楚の三閭【※1】にあたり、屈氏、昭氏と並ぶ名門である」

それは田横から事前に聞いている。

平王は三百年近く前の楚の王で、子西は長子といっても庶子だ。

王族から分かれて別の家を立てているが、田儋なんかよりよっぽど遠い血だ。

「お主、王として立つには遠いと思っていよう。しかしかつての秦の侵攻により王の直系は失われた。そこで古くは王に連なり、力を持つ景駒様がやむを得ず立たれたのだ」

【※1】三閭。楚の屈氏、昭氏、景氏のこと。楚において公族の中でも最高位に位置する。

ふーむ、言い慣れてる感じがするな。そこかしこでこうやって言い訳してんだろう。

そのしたり顔を崩すため、俺は再び問う。

「ではもし楚王の直系が生き残っていれば、景駒様はその方に王位を譲るのですね」

秦嘉は苦虫を噛(か)み潰したように顔を歪(ゆが)めたが、すぐに表情を消して応える。

「……仮にそのような方が居られれば、景駒様は喜んで譲位されよう」

一瞬いい顔になったな。

俺は薄く笑い、問いを続ける。

「王族を探されたので？」

秦嘉の機嫌がさらに悪くなる。

「……もちろん捜索した。しかし居られなかった」

「本当に？」

「くどいぞ！　私を疑うか！」

赤い顔で怒鳴るように否定する。

「失礼いたしました」

こいつ探してねぇな。

「秦嘉殿は血脈に重きを置いている旨、よく理解いたしました」

秦嘉はふんっと鼻を鳴らす。

切り抜けたと思っているようだが、まだだぞ。

「では秦嘉殿はなぜ陳勝に異を唱えなかったのでしょう？　陳勝は張楚と楚を冠した国を興し、王を名乗りました。その出自は賤民で王たる資格はなかったはず。かつて貴方はその陳勝に従っていたとお聞きしましたが」

秦嘉は顔を紅く歪めて言葉に詰まる。

痛い所だろ。

「あ、あれは厳密に言えば楚ではない……別物だ。それに私は陳勝に反感を覚え、すぐに袂を分かった」

その言葉に俺はニヤリと嫌らしく笑う。墓穴掘ったぞ。

我ながら嫌な奴になってんなぁ。

「なるほど。では秦嘉殿は楚ではない別物の国の功績を根拠に、楚を盟主とされようとしているので？　そして斉への内政干渉を？　しかも自らが許容出来ぬと袂を分かった国の？」

秦嘉は口を開閉させ、反論を探したが見付からなかったようで震えながら喚くように大声を出す。

「煩い！　細かいことを！　もういい！　お主らはこの楚と連携する気はないのだな！　我らと敵対するということなのだな！　後悔するなよ！」

じゃ、締めは田横殿、頼むよ。


秦嘉の怒鳴り声の中、田横が俺の隣に並ぶ。

そして田横は片手を差し出し、手招きするように指を曲げた。

ビクリと秦嘉の口が止まる。

静寂が訪れた室内に田横の悠然とした声が響く。

「いつでも相手になろう。かかってこい」


秦嘉との交渉が決裂し、俺達は留の城を追い出されるように帰された。

城門の前で二人佇(たたず)み。

そして二人で頭を抱えた。

「やってしまった……」

「やっちまいましたね……」

「完全に敵対してしまった……。あれはもう修復はできんだろうな」

「斉王、お怒りになりますかね……？」

俺達は邑内を歩きながら、先程溜め込んだ怒りをぶちまける。

「あそこまで斉や従兄を見下されたら怒らん方がおかしいだろ。なぜ斉の王になるのに楚の承認がいるのだ。……だが俺は、あんな追い込むようなことを言えとは言っておらんからな」

あ、ずるいぞ！

「いや横殿が行けって顔したじゃないですか」

「いやいや、先に俺が行くと目で訴えたのは中ではないか」

「……」

「……」

俺達はまた同時にため息を吐く。

「二人で報告し、処罰を受けねばなるまい」

「ですね」

互いに苦く笑う。

俺も田横も後悔はない。あんな男が擁立した王もろくな奴じゃないだろう。

景駒と秦嘉という名に覚えもないしな。大きく成長する勢力ではないだろう。俺が覚えてないだけの可能性もあるが。

「田假達はここにはおらんと言っていたが、真だろうか」

田横が秦嘉の言葉を思い出し、訝しむ。

「うーん、秦嘉の言うことは信用できませんでしたね。城で匿っている可能性は大いにあるかと」

自身達の事を棚に上げて、他者をあげつらう奴だったからな。

「少しここに留まり、様子を見るか。しかし奴の言葉を思い出したらまた腹が立ってきた」

秦嘉の顔を思い出しているのか、田横が歯噛みする。

「そうですね。あそこの酒家にでも入って、情報収集がてら憂さでも晴らしますか」

俺は丁度通りかかった一軒の酒家を指した。

「うむ、そうするか。またまずい酒になりそうだ」


俺と田横は酒家に入り、酒を頼む。

そして適当な席に腰を下ろし、今後のことを話し合う。

「戦いになった場合、我ら東軍だけでは景駒達の軍とあたるのは難しい。となるとやはり一度臨淄へ戻るか。田假達に猶予を与えることになるが……」

「そうですね。経緯の説明もせねばなりませんし。まぁ王も秦嘉の語った言葉を聞けば我々の怒りにも納得されて、そんなにお怒りにはならないのでは？」

「ううむ、そうだといいのだが。王は滅多なことではお怒りにならんが……」

「ならんが？」

「……怒ると死ぬほど怖い」

あー……わかる気がする。田儋のあの顔で怒られたらすげー怖いだろうなぁ……。

田横も親代わりの田儋には頭が上がらんようだ。

やだなぁ、この歳になって怒られたくねぇ。

「それもこれも秦嘉と景駒が……」

二人して珍しく酒が進む。愚痴は最高のつまみだな。

俺達がそんな風にくだを巻いている時、

「少しいいか」

一人の若者から声を掛けられた。

うおっ、でかい兄ちゃんだな。田横と同じくらいか。

田横と並ぶぐらいの体格の男って初めて見たな。

その若者の目は恐ろしいくらい鋭く、その体軀はしなやかで手足も長い。

なんだろう、田横が熊ならこの男は虎って感じだ。

普通に話しかけられただけだが、ちょっと怖いな。纏っている空気というか圧が凄い。

只者じゃない雰囲気が漂ってくる。

後ろの席にいたようで、その席に座る連れの者達もただの農民って感じじゃない。

景駒の兵か？

「なんだ？」

田横が少し赤い顔で応える。

「先ほどから景駒や秦嘉という名が聞こえてきたが、お主たちは楚王に謁見したのか？」

やべ、声が大きかったか。

「いやー、まぁ楚王様に謁見を願い出ましたが、お忙しそうで。我々のような者ではお会いすることも叶わず少し愚痴ってしまいました。どうかお許しを」

俺のごまかしを聞いた若者は、その鋭い顔に似合わぬ人懐っこい笑みを浮かべ、

「私は景駒の兵ではない。景駒や秦嘉のことを知りたい。どうか知っていることを教えてくれぬか」

どこかの間諜（かんちょう）か……？

「お主、楚人（そひと）だな。景駒に従わぬのか」

田横が尋ねる。

「真に楚を名乗るべき者は他にいる」

若者の目が鋭く光る。何か強い信念のようなものがあるようだ。

おお、なんか熱い兄ちゃんだな。

それを見た田横は優しい笑みを浮かべ、杯を差し出す。

「お主のような強い想いを持った若者は嫌いではない。我らの愚痴でよければ、一緒に呑みながら聞いていけ」

「おお、ありがたい！」

若者は嬉しそうに杯を受け取り、腰を下ろす。

なんか意気投合したみたいだな。田横好きそうだもんな、こういう男。

店主、酒追加ー。


というわけで、若者を加え三人で呑むことになった。

そういえば名前を聞いていないが、うーん……向こうも諜報活動っぽいし、聞かない方がいいか？

こちらは言ってもかまわんが、斉と楚が敵対したという情報が早々に知られるのも不味いかな？

どのみちわかるだろうが、まぁ慎重に行動するのは悪いことではない。あっちも名乗らないし、尋ねないでおこう。

「その、それ。そこよ……私は、その、秦嘉との話の、内容が聞きたいのだ」

「いや何度も言うがな、それはな、我らも話せんよ。国の大事だからな。とにかく奴らはろくな奴ではないよ。うむ、ろくでもない」

机の上には空の瓶が散らばる。

そして酔っ払いが二人。

若者は同じことを何度も聞いてくる。

田横も言葉はしっかりしているようだが、顔は紅く、同じく何度も応える。

二人ともあんまり強くないいんだな。

そういや田横と二人で呑むことはよくあったが、ここまで呑んだことはなかったな。

俺も結構呑んでるけど、古代中国の酒精の低い酒では酔い潰れることはない。蒸留酒とかないしな。そこそこ酒は強い方だったしな。あぁ、思い出したら日本のウィスキー呑みたくなってきた。

少し鈍くなった頭でそんな事を考えていると、会話中の二人の雲行きが怪しくなってきた。

「お主は斉人なのか？」

若者が少し驚いたように聞く。

「ああ、まぁ……そうだな」

田横は国を知られ、ばつが悪そうに応える。まぁ、そのうちわかることだ。

この若者がどこに所属しているかわからないが景駒の楚をよく思ってないようだし、そんなに問題ではないだろう。

しかし続けて放った若者の言葉に、場の空気が一瞬にして凍る。


「なんと腰抜けの斉人であったか」

「あん？」

田横の酔って弛緩した雰囲気が消し飛ぶ。

あれ？　これヤバくね？

「そういえば斉も再興したと聞いたが斉ではなぁ」

「……どういう意味だ」

「お主は人物のようであるし、我ら真の楚が連携できればと思ったが、秦と一戦も交えず降伏したような斉人にその価値があるかどうか」

若者は無自覚なのか残念そうに話し、盛大に馬鹿にしてくる。天然毒舌かこいつ。

こめかみに青筋を、口には辛うじて笑みを浮かべた田横は反論する。

「まぁ往時、斉が秦の侵攻に戦いもせず降伏したのは確かだ。しかし今の斉はそれを決めた王の血族ではない。再興を果たした斉は義と仁に溢れた王によって生まれ変わったよ」

それを鼻で笑うように若者が返す。

「そうは言っても、国や人の性分はなかなか変わらぬもの。大事な時に尻尾を巻いて逃げられては敵(かな)わんからな。ははっ」

田横の笑みが消える。

田横……今日は怒ってばっかだな……。

「なるほど斉は変わったが、楚は変わらぬようだ」

「何がだ？」

「古い考えに固執し、本質を見極めようとせず、粗野で騙(だま)されやすく、考えなしに突っ込む。野の猪(いのしし)のままか」

「…………」

「…………」

二人は揺らめく炎のように立ち上がった。

「そうか、喧嘩を売っているのだな」

「先に売ったのはお前だろう、若造」

ヤバい……二人とも凄い顔してんだけど！　見ただけで失神しそうな怖さなんだけど！

部下の方々！　止めなくていいの!?

なんで皆、青い顔して下向いてこっち見ないの？　机の染み数えてんじゃねーよ！　この兄ちゃん、無理なの？　止められないの？

「斉の腰抜けは我ら楚人の強さを忘れたようだな！」

「楚の野人は昔と変わらず、見栄っ張りで相手の強さも測れぬようだな！」

「ちょっと待って下さい！　横殿、抑えて！　酔いと若さ故の失言ですって！　ね!?」

俺は田横の腰にしがみついて止め、今にも剣を抜きそうな若者にも自重を促す。

「わかっておるが分別つかぬ若造に礼を教えるのも年長者の務めだ」

「見るからに腰抜けは黙っておけ。祖国を貶めるなら後には引けんぞ。小胆な牛よ！」

ズケズケ言うんじゃねーよ、当たってるけど。

「先に我が国を貶めたのはお主だ。浅慮な狗よ！」

俺には目もくれず睨み合う二人。

あぁ、こりゃもう俺じゃ止められん！

田横が負けるとは思えんが、相手の若者も相当強そうだ。

闘えば互いに無事な訳がない。

一触即発の二人の様子に、周りの客は無責任に煽りだす。

煽るな！　誰か、誰か止めてくれ！

「おう、待て待て喧嘩か？」

店の奥から救いの声が！

なんか聞いたことある声だが、誰でもいい！　この場をどうにか収めてくれ！

「いいぞ、やれやれ！　カッカッカッ、酒の肴に巨漢二人の大喧嘩だ！　おう、ちょっと空けてくれ、近くで観せてくれ。張良、どちらが勝つかね？」

「そうですね。……おや、あれは狄の田横殿と」

「ん？　おお！　お前さんは田中ではないか！　思ったより早い再会だな、おい。カッカッカッ」

店の奥から現れたのは、面長の顔に高い鼻、太い眉の奥からギョロリとした大きな瞳が覗く。一度見たら忘れ得ぬ、そんな魅力を持った男。

そしてその隣には肌色は病的に白く、深い夜のような艶やかな黒髪、半月のような形の良い目元に濡れた瞳の美女、と見紛うばかりの男。

なんでこんなところにいるんだよ！　劉邦！

んで咸陽への旅路で会った張良も！

もう二人は出逢ったのか……ってそれどころじゃねー！

てか劉邦、火に油注いでんじゃねーよ！

もう色々ありすぎだろ！　なんだよこれ！　どうなってんだ⁉　頭がパンクしそうだよ！

劉邦はそんな混乱する俺を尻目に、今にも飛びかかりそうに向かい合う二人に楽しそうに声を掛ける。

「おっとお二人さん！　喧嘩はいいが刃物は止めとけ。後々面倒なことになるぞ。酒家での喧嘩は拳でやりなよ。んで酔いが覚めたら忘れるもんだ。それとも得物がなければ喧嘩が出来ぬかい？」

どの口が言ってんだ。あんた酒家で竹冠を馬鹿にされて夏侯嬰を半殺しにした時、耳を刺したって聞いたぞ。お互い気にしてないのは確かなようだがな。

しかし劉邦の言葉を聞いた二人は暫し睨み合ったが、その挑発に乗り、帯から剣を外して机に叩きつけた。

よかった、これで命のやり取りになる可能性は低くなった。

場慣れしてるな、劉邦。後は喧嘩自体を収められれば……。

「さぁ、こんな巨軀同士の喧嘩はそうそう見られまい！　熊と虎の対決だな！　そこの兄さん方、どっちが勝つか賭けるかい？　そうかいそうかい！　ではこっちの皿が熊で、こっちが虎だ！さぁ急いで賭けろ！　始まっちまうぞ！　カッカッカッ！」

だから煽るなよ！　賭けにするなよ！　そのまま収めてくれよ！

二人は肩を回し固く大きな拳を鳴らす。

おおぅ、あんな太い腕で殴られたら刃物じゃなくても命の危険があるぞ……。

腕……。

「待った！　待った待った待った！」

俺は有らん限りの勇気を振り絞り、猛獣が向かい合う間に割って入った。

「俺はもう熊みたいな方に賭けたんだぞ！」

「俺は若い方だ！」

「なんだよ、田中。これからって時に水を差すんじゃねぇよ」

そんな俺に大立回りを期待した客達から野次が飛ぶ。

特に劉邦、あいつ……。

俺は息をふっと吐き、周囲の野次を無視して大声で二人に語り掛ける。

「たとえ素手でも両者の武辺っぷりからすれば怪我は免れないでしょう」

「田中、止めるな。怪我なぞ恐れては闘えぬ」

「やはり腰抜けか。引っ込んでおれ！」

二人の大声に怯みそうになる。

しかしなんとか足に力を入れて踏ん張る。

「ええ、お二人は怪我も恐れぬ胆力の持ち主でしょう。しかし怪我を負って帰った先の方々へどのように説明するつもりか！　任の最中、酒家で喧嘩して傷を負ったと報告するのですか！」

二人は各々上役の顔が頭をよぎったのか、うっ、と一瞬怯む。

「……それでも」

「引けぬ時が……」

「今さら賭け金返せねぇぞう」

うるさいぞ、劉邦。

「こうなった以上、何かしら決着をつけねば気が済まぬのは分かります。そこで……」

俺はグッと腕を曲げ、前に出した。

「腕相撲です」

「腕相撲？」

まだないのか、腕相撲。あってもおかしくないシンプルな競技だけど。

まぁシンプルなだけに説明も簡単だ。

俺は身振りを交え、二人に説明する。

「力と力の勝負です。短時間で決着がつきますし、これ以上騒ぎを大きくして衛兵を呼ばれても面倒でしょう？」

今のところ誰かが衛兵を呼びに走った様子はない。人の集まるこの地では、このような喧嘩は日常茶飯事か。

「うむ……、衛兵はまずい」

「児戯のようだが……、こちらも衛兵は嬉しくない」

二人は多少酔いが覚めたのか、俺の声に漸く耳を傾けた。

「ほぅ、それなら賭けも成立するな。よし、やれやれ！　賭け直す奴はいるか？」

あっちも盛り上がっている。もうそっちは勝手にしてくれ……。


田横と若者が机を挟んで向かい合う。

「ふん、私は今まで力比べで負けたことはない」

「では今日が最初の敗北だな」

睨み合う二人。

はぁ……まぁ、腕相撲なら大事にはなるまい。

机に肘を置き、両者の手が握り合われ、グッと二の腕から力こぶが盛り上がる。

「まだですよ！　まだ力入れない！　私が三、二、一で手を離したら開始ですよ！」

審判役の俺が二人の握り合った拳の上に手を重ねる。

「一瞬で終わらせてやる」

「こちらの台詞だ」

「カッカッカッ！」

……なんで俺はこんなところで腕相撲の審判してんだ？

この兄ちゃん何なの？　田横も凄く熱くなってるし。相性良さそうに見えたが、悪いのか？

何故か劉邦もいて、事態を引っ掻き回すし。

今日は一体何なんだ？　クソッ！

「いきますよ！　三、二、一、ゴー！」

あ、ゴーって言っちゃった。

俺のゴーの掛け声に、理解はせずとも反応した二人の腕がグッと膨れ上がる。

思わず英語で言っちゃったけど雰囲気で察してくれたようだ。

後で故郷の言葉とかなんとかで誤魔化そう。

そんなことより卓上の勝負はというと。

「ぐうっ！」

「があっ！」

二人は猛獣のような形相で、鼻息も荒く歯を食い縛る。その顔と唸り声だけで気の弱い者なら失神しそうだ。

組んだ腕とは反対の腕は机の端を持ち、小刻みに震える両者の腕はどちらにも傾かない。

あの若者、田横の怪力と互角かよ。

善戦はするとは思っていたが、正直田横のゴリ……剛力には敵わんと思っていた。

マジで何者だ？

「おいおい！　どうした、動かんぞ！」

「いけ！　いけるぞ！」

「やれ！　もっと力込めろ！」

周りの者達は賭けも相まって大きく盛り上がり、野次を飛ばして騒ぐ。

賭けの元締めとなった劉邦も一際愉しそうに騒ぐ。

「カッカッカッ、こりゃすげえ！　卓が壊れそうだな！」

その隣の張良はなぜか俺を見ていたが、視線が合うと目を逸らし、田横と対峙する若者を値踏みするような視線を送った。

なんだ？　あの若者の正体を知っているのか？


「斉人の、わりに、やるではないか！」

「猪だけ、あって、力は、あるようだ！」

二人は剥き出しの歯が覗く口端を歪める。

……このまま認め合って仲直りとかないかね？　ないね。

「おう！」

若者の鋭い眼がつり上がり、掛け声と共にさらに力を入れる。

拮抗していた腕は徐々に若者の方へ倒れ出す。

「おお！　行け！　そのまま倒しちまえ！」

「おい！　熊！　負けるな！　やり返せ！」

「くっ！」

田横の手首が小刻みに動くが、若者の腕の勝利への傾きが大きくなっていく。

嘘だろ、あっちの方が強いのか？　負けるな！　田横！

戦況が有利に傾き、若者は田横に向けて挑発的な笑みを作る。

「謝るなら、今のうちだぞ、斉人」

こめかみに血管を浮かせながら、若者が言う。

しかし挑発された田横は血走った目に薄く笑みを浮かべ、

「確かに、力は大したものだ。しかし、力攻めだけでは、戦は勝てんぞ！　ふん！」

田横はそう気合いを入れると、手首をクイッと手前に巻き込み、一気に若者の腕を卓の天板ギリギリまで傾けた。

おお！　初めてなのに、なぜそんなテクニックを！　闘いの中で成長したというのか……。

それは冗談として、力の入りやすい手首の位置を探していたんだろう。

手首が頻繁に動いてたのはその為か。

これで一気に形勢逆転だ！　いけるぞ田横！

あと一押しだ！

「カッカッカッ、魅せるねぇ。あれが狄の田横か」

田横の逆転劇に劉邦を始め、野次馬は阿鼻叫喚、興奮の坩堝である。

「くっ、うぅ……」

ふぅ、どうやら田横が勝ちそうだ。しかし、あの若者がこれで納得するかね。

まぁこれだけ観衆が居てはっきり白黒付いたなら、なかなか文句も言いにくいか。

若者は身体全体を使ってなんとかしようと試みる。しかし完全に手首が極まった状態の卓上の腕は力みに震えるばかりで動かない。

汗を浮かべながら、もどかしそうな眼差しで田横を見る。

田横は勝敗が付くまで油断なく力を込めていく。

とうとう決着か。


「あ？」

いきなりゴッという音が響き、唖然とする田横の鼻からタラリと血が落ちた。

野次馬も突然の事態に静まりかえる。

田横の目の前には、握りあった手と逆の手で拳を作って、なぜか同じように唖然とする若者。

な、殴ったのか？

田横は握った手はそのままに、鼻から唇へ滴った血を舐め、そしてゆらりと立ち上がった。

自然と若者も立ち上がる。

め、目が光ってないぞ。い、いつもの見る者を安心させる眼差しはどうした？

ちょっとまぁ、なんか、とにかく落ち着いて……。

「お、横殿？」

ゆっくりとこちらを向く。

「あ、なんでもありません」

ゆっくりと若者へと向き直る。

鬼だ。鬼がいた。

すまんな若者よ、俺にはどうすることもできん……。

「お主……」

田横の低い声が響く。

「ち、違うのだ！　手が勝手に！　そう、無意識に！　負けたくないという想(おも)いで思わず左手が！　そう、この左手が！」

若者はその迫力に青ざめながら、必死に自身の左手を出しながら言い訳を始めた。

「すまぬ！　悪かった！　勝負に水を差すような真似(まね)を……そうだ！　一発！　私もお主から一発受けようではないか！　な！」

「……一発だな」

田横は静かに拳を天高く突き上げる。

「あれ？　待て！　そんな勢いはなかったはず！　それに私は左手であった！　利き手でない方だ！　お主は右が利き手だぶっ！」

若者の制止を無視し田横の拳は、まるで本物の鉄槌のようなガンッという音を響かせ、若者の頭に振り下ろされた。

床に埋まったのではないかと錯覚するほどの衝撃に、若者は白目を剥いて倒れた。

酔っ払っていたし、腕相撲で頭に血が上っていたし、気持ちよく気絶したな。あ、鼻水垂れてら、汚ね。

「まったく……。なんだったのだ、こやつは。おい、こやつの連れの者、面倒だから目が覚める前に連れて帰れ。これで勘弁してやると伝えておけ」

一発入れて気が済んだのか、いつもの調子に戻った田横は若者の部下達に声を掛けた。

部下達は慌てて動きだし、大の字に寝転んだ若者を掴み、引き摺るように去っていった。

「鼻は大丈夫ですか?」

俺は田横の目に光が戻ったことを確認して、近寄る。

「無防備でもらったが折れてはいまい。勝負に集中し過ぎて避けられなかった」

田横が鼻を摘んでふんっ、と詰まった血を飛ばす。

そこへ苦笑いを浮かべた劉邦がやってきた。

「あー、なんか最後は白けちまったな」

「劉邦殿なぜここへ」

「まぁそれは後だ、後。それより賭けはどうするかね。お前さんが勝ちそうだったが」

劉邦は田横に向かって問う。

その言葉に我に返ったか、野次馬達が騒ぎ出した。

「勝負はまだついてなかったぞ」

「何を言う。どう見ても熊男の勝ちだったろうが」

「卓に手の甲が付くまでが勝負なんだろう！　殴ったらいかんとそこの兄さんは説明したか？」

「んなもん言われなくても分かるだろう！」

野次馬達が争う。

その様子を見た田横はため息を吐き、劉邦の問いに応える。

「別にどちらでもよい。賭けは無効で銭を返せばよかろう」

「ふうむ、それもちと面倒だ」

劉邦は顎鬚を弄りながら少し考え、ニタリと笑う。

そして未だガヤガヤと騒ぐ野次馬に向かって声を掛ける。

「よし、お前ら！　勝ちそうであった熊男は無効だという。だがこのままこの銭を返すのもつまらんだろう。どうせ賭けに捨てたあぶく銭だ。おう、店主！」

劉邦は手を挙げこの酒家の店主を呼び、

「この銭で買えるだけ酒を持ってきて、こいつら全員に振る舞ってくれ！　お前ら元が取れるようしっかり呑めよ！　カッカッカッ」

その言葉に酒家が歓声に包まれる。

懐を一切痛めずに、劉邦が全員に奢った風になってしまった。

しかも元締めの自分はただ酒だ。上手いことやるなぁ。

こういうところだよな。

俺が感心していると、背後から美女が声を掛けてきた。違った美女男、張良だ。

「お久しぶりです。田横殿、田中殿」

「このようなところで会うとは思わなかったな」

「思ってもみない場所での再会ですね」

そういえば、張良はあの若者の正体を知っているのか？

「ところで田中殿、先程の腕相撲、ですか。あの時の開始の掛け声の最後、なんと仰られたのですか？」

俺が若者について聞こうとするより早く張良が問い掛けてきた。

皆夢中で聞いてないかと思っていたが……。

「あー……、あれは思わず故郷の言葉が出てしまいましてね」

「田中殿は狄の一族では？」

「いえ、私は遥か東の島から旅してきた者で、狄の田氏とは遠い縁者です」

という設定です。

「……そうですか」

張良は思慮の海に沈んだように目を伏せ、長い睫毛を揺らした。

うーむ、考え込む姿も色気がある。

しかし細かいところまでよく気が付く。

綺麗な顔してやはり油断できんな。あの天下の大軍師、張良だもんな。

「あの、ところで先程の横殿と争った若者のことをご存じで？」

俺は改めて物思いに耽る張良へ質問する。

張良はハッと我に返り、顔を上げ俺の顔を見つめる。

美人にそんなに見つめられると照れるというか、なんか焦るわ。男だけど。

そしてニコリと綺麗な笑みを浮かべ、

「流石ですね。以前も私の態度から官兵に追われていると見透かされましたね。人の機微をよく観ておられる」

まぁ、現代では営業だったからな。相手の表情や態度から売り込み方を変えたりとか駆け引きは鍛えられたかもな。

「あの若者は……」

「張良は俺のことも知っておったからな。私財を崩して間諜を雇って方々の動向を探っていたんだよな。あの若虎のことも知っていよう」

張良が言いかけた時、ただ酒を喰らい上機嫌の劉邦が、酒瓶を持ちながら話に割り込んできた。

はぁ、また面倒くさい感じになってきたよ。

今日は酒も結構呑んだし、色々ありすぎて驚き疲れた。もうさっさと諸々聞いて宿に帰って寝たいんだけどな。

そういう訳にはいかんのだろうなぁ……。

「この熊が田中の言っておった田横殿か！」

劉邦が田横の肩を叩く。相変わらず馴れ馴れしいな。

「誰が熊か」

酔いは覚めたようだが、田横も疲れているようだ。返答が素っ気ない。そして鼻もまだ赤い。

「いやいや、熊のように勇壮で強そうだってことよ。俺は劉邦。沛近隣を治め、沛公と呼ばれておる」

「中から聞いている。中を使って沛を手に入れたそうだな」

田横の嫌みに劉邦は悪びれもせず笑う。

「おう、そうよ。田中のお陰で速やかに沛を治めることができたぜ。見かけによらず役に立つ上、雅味や風情も分かる男だ」

劉邦はそこまで語ると、おお、そうだと手を打ち、

「そういえばお主ら張良とも顔見知りなのか？　まぁ今宵はまだ長い。ゆっくり呑みながら情報交換といこうか。カカッ」

そう言って、その場にどっかりと腰を下ろした。

ホント、長くなりそうだよ……。

「田横殿、どうだい。鼻の痛み止めだ」

「いや、今日はもう酒はいい」

田横は劉邦から勧められた酒を断る。

断られた劉邦はつまらなそうに口を尖らせる。

「お主が稼いだようなもんだろうに。呑まんとは惜しいことを。田中、お主は呑むだろう。ほれ」

そう言って杯を差し出す。

現世でもこんな面倒な上司いたな……。断ると余計に絡まれる奴だな、これ。

俺ももう酒はいいんだけどなぁ。

「はぁ……一杯だけ頂きましょう」

俺はため息を吐きながら杯を受けとる。

「カカッ、そうこなくてはな」

劉邦は嬉しそうに、受けとった杯に酒を注ぐ。

あぁ、入れすぎだよ！　溢れるって！

「ところで、なぜ劉邦殿は留へ？」

俺は杯に口をつけ、濡れた手を拭いながら劉邦に伺う。

置いた俺の杯に、劉邦の隣に座る張良が流れるような美しい所作で酒を注ぐ。

……一杯だけって言ったのに。

劉邦は俺の問いにばつが悪そうな表情を浮かべた。

「ああ、その、あれだ。ちと景駒ってのに兵を借りに来たんだがな」

ん？　沛の統治が旨くいってないのか？

「沛公の勢力は未だ大きいとは言えず。孤立を避けるため、勢力拡大のためにもどこかと共闘せねばならぬのは明白です。まず沛から最も近い楚王を訪ねました」

酒瓶を置いた張良が劉邦に先んじて説明を始める。

ふむ、そういうことか。

共闘とは言っているが、兵を借りるってことは風下に立つってことだろう。

俺達斉に来てくれればいいんだけど、以前に断られている。

「沛公は楚王を名乗る景駒の器を測るためにも、兵をお借りしたいと申し出ました」

うーむ、あの秦嘉が、沛を治めているとはいえ未だ無名の劉邦に兵を貸すかね？　それよりは

……。

「沛は元々魏の地。魏に参入とは考えなかったのですか?」

「魏には付かんよ」

劉邦の声が低くなる。

「魏は沛公を無視して各邑に帰順を迫り、すでに交戦、敵対状態です。なんとか撃退しましたが、またいつその手が伸びてくるか」

なるほど……。魏の侵攻がきっかけでどこかの傘下に入る決意を固めたってことか。

しかし張良の話しぶり。

嘘は言っていない感じだが、聞くまでは応えないって感じだな。なるべく小出しにして不利な情報を渡さないようにしてるのか。

「で、景駒には会え、兵は借りられたのか?」

田横が景駒との会談の結果を尋ねる。

劉邦はハッと鼻で笑う。

「あれは御飾りだな。その上、宰相の秦嘉は鼻持ちならん。兵を貸すどころか兵を寄越せと言ってきやがった。あれは駄目だ」

秦嘉はもちろん、やはり景駒も質が良い人物とは言えないようだ。

「では別のところで兵を借りるので?」

「いや、たまたま既知の寧君という男が景駒の下にいてな。寧君が上手く話をまとめ、兵を率いて合流することとなった」

劉邦は酒で口を湿らせるとニヤリと笑い、少し声を落として続ける。

「寧君は楚の噂（うわさ）を聞きつけ参入したが、どうも思っていたようではなくてな。景駒や秦嘉と距離を置きたかったらしい。そこへ俺が来たので絶好の機であったそうだ」

ここでも劉邦の強運と顔の広さが功を奏したってことか。

「では沛に戻られるので？」

「そうだな。多くはないが兵は得た。とりあえずはこれで豊（ほう）……沛周辺の鎮撫（ちんぶ）を進められる」

豊？　劉邦もなんか隠してるな。

しかしこれは……。

「劉邦殿は景駒の勢力に参入ということになるのですか？」

俺は疑問を口にする。

「ん、いや？　寧君が景駒から兵を借りたんだ。俺ではない。付いてきてくれとも言っていない。向こうから申し出てくれたんだ。下に付く理由もない」

おお、すげー屁理屈（へりくつ）……。まぁでもそんな屁理屈が大事なんだろうな。

「景駒の下では沛公の空を狭（せば）めることになりましょう。沛公の翼を大きく拡（ひろ）げるため、新たな空を探さねばなりません」

張良が微笑（ほほえ）みながら、大言を吐く。

この間俺が劉邦と会った時は居なかったんだから、劉邦と張良が出逢ってそう時は経っていないはず。

それなのに劉邦の王器を疑いなく信じているようだし、劉邦もかなり信用している様子だ。

この二人、出逢うべくして出逢ったということか……。

「ところでそちらは何故、留へ？」

今度はこちらが苦い表情だ。

「……一族の揉め事だ。それ以上は言いたくはない」

田横が渋々という感じで応える。

「そちらもどうやら不調であったようですね」

張良が田横の返答から察し、苦笑する。

その苦笑に俺が応える。

「まぁ秦嘉の人となりが分かり、楚全体の雰囲気も摑めました。共闘するには値しない、というのはそちらと同じ見解ですね」

共闘どころか敵対したんだけどな。

張良は頷き、

「この勢力とは距離を置いた方がよろしいでしょう。遠からず消失する気がいたします」

その後も話せる範囲での情報交換を交わしていく。

劉邦が言った通り、張良は各地に間諜を置いているようでかなり詳しい。俺達が知っていることは大体知っていた。

あ、そうだ。最初に聞こうと思っていたことを忘れていた。

「ところで張良殿、横殿と腕相撲した若者のことですが……」

俺は注がれ続けた何杯目か分からない酒を呑み、張良に尋ねる。

「ふむ、お会いしたことはありませんでしたが、外見の特徴から推測するに心当たりはございます」

やはり張良が知っているほどの有名人か。

「以前彼の伯父の項伯(こうはく)という方と交友を結び、一時匿っていたことがあります」

ほぅ、秦の転覆を狙う過激派仲間かね。その項……？

「恐らく彼はその項伯と会稽(かいけい)郡守項梁(こうりょう)の甥(おい)の、項羽(こうう)その人でしょう」

「ブハッッ――!?」

「おい、田中汚えな、いきなり酒を吐きおって。鼻水も汚ぇ」

「どうした？　むせたか？」

「ゴファ！　ゴフ！　す、すみません。き、気管に……！」

お、おおお、落ち着け。張良にあや、怪しまれる。あ、あいつに突っ込まれたらボロが出そうだ……！

俺は咳き込んだ息を整えるため、大きく深呼吸をする。

「ふぅ、も、もう大丈夫です」

項羽……だったのか？　あれが？

確かに鋭い目付きで強そうだったけど、田横を殴ったのも謝罪してたし、わりと話せる好青年だったじゃん！

あれが何十万人も生き埋めにした無慈悲で冷酷な覇王と呼ばれた男なの!?

田横が殴って気絶させたけど大丈夫なのか？

いやいや、殴ったのはあっちが先か。

これで後々関係が拗れたりしないよな……？


「大丈夫ですか？　急に顔色が悪くなりましたよ。汗もひどい」

張良が心配そうに聞いてくる。が、その瞳の奥は何を考えているのかわからない。

いかん、また混乱の極みだ。取り繕うこともできそうにない。

「少し飲み過ぎたようです……。今日のところはこれで失礼させて頂きたい。横殿」

「うむ、流石に俺も疲れた。宿に戻らせてもらおう。劉邦殿、張良殿、またいずれ」

俺達は席を立ち、足早に別れを告げる。

「そうか、仕方あるまい。まぁまた会うこともあろう。田横殿、その時はゆっくり呑もう」

劉邦が人好きする笑顔で応え、

「またお会いできる時を楽しみにしております」

張良がゆったりと微笑む。

二人の笑顔を背に俺達は酒家を出た。

よし、今日は寝よう！　明日考えよう！　もう色々……。

色々ありすぎて疲れた……。

田中と田横が去った酒家で劉邦が杯を傾けながら張良に問う。

「あの二人をどう見たかい」

「田横は英雄の資質十分。田儋(でんたん)、田栄(でんえい)を直接は知りませんが、田横が斉王ならばと思わずにはいられません」

「ふむ、王位が回ってくるには遠いか。しかし将としても逸品だろうな。で、もう一人は」

張良の表情に珍しく困惑の色が映る。

「……彼は本当にわかりません。優れた洞察力を持っているかと思えば、自身の感情はすぐに顔に出る。弱気で臆病かと思えば、巨漢二人の間に割って入る豪胆さ。相反する二つの面が見えます。それに項羽殿の名を聞いた時の驚き様……」

　劉邦が思わずといった風に笑う。

「カッカッカッ。面白いやつだろう。そういや俺と初めて会った時も青い顔してやがったな」

「おや、そうですか。……彼は英雄の資質を見極める何かを持っているのかもしれませんね」

　様々な超常的な術を学んだ張良は、あの男に人知を超えた何かを感じる。

「ほう。となるとあの項羽とかいう若造も英雄ということか？」

「わかりませんが、項羽殿がここに現れたということはその叔父、項梁は江水（こうすい）を渡りこの反乱に加わるつもりなのでしょう」

　二人は、既に項梁が道中の勢力を吸収しながら、下邳（かひ）まで来ていることを知らない。

　項梁軍はそれだけ素早く、そして整然と軍を進めていた。

「楚王を名乗る景駒の値踏みってわけか。項燕（こうえん）将軍の子、項梁とその甥、項羽か。そっちの方が楚の本流らしく見えるし、強そうだ。頼るならそっちだったか」

「借りた兵で豊邑が落ちねば、そちらを訪ねましょうか」

「おいおい、縁起の悪いことを言うなよ。お主が言うと真になりそうで怖いぜ」

　劉邦は苦笑いをつくり、また杯を空けた。

「夢じゃなかった……」

一夜明け、宿の一室で目覚めた俺は、まだボーッとする頭で昨日の夜を思い返す。

項羽と出逢い。

田横と喧嘩になり。

劉邦が割り込み。

その隣で張良が佇む。

たいして大きくもない、ただの酒家にこの時代の主役級が四人。

そこに俺、田中。

何、このおまけ感。

それはまぁ、いいか。

それより項羽と揉めたことだよなぁ……。

先にあちらが手を出してきたんだし、逆に負い目に感じてくれればいいのだが。

「中、起きておるか」

部屋の入口から声を掛けられ、思考を中断する。

「横殿。鼻は大丈夫ですか」

田横にしては生気のない顔が覗く。

「うむ……鼻より頭が痛い。あの若造のお陰で二日酔いだ」

昨日は珍しくよく呑んでいたもんな。

田横は頭を抱えながらも俺に問う。

「中、昨日のあの若造、項羽は警戒すべき男か？」

俺が項羽の名に驚いた理由などは聞かず、ただそう尋ねてきた。

「……はい。劉邦殿や張良殿と同じく、最大限の留意を」

「そうか。ううっ、もう少し寝させてくれ。起きたら田假(でんか)達の居場所を探ろう」

「はい。二日酔いには水をよく呑むことです」

田横は俺の言葉に背中越しに手を振り、部屋へと戻っていった。

背中を見送りながら、胸が少し熱くなる。そして同時に少し痛む。

あの項羽についての問いかけには俺への信頼が溢れている。


それから数日、俺達は連れてきた従者達と手分けをして、田假達の情報を集める。

城を見張り出入りする商人を訪ねたり、人が集まる酒家でそれとなく噂を聞き出したりと地味な諜報活動を繰り返した。

あの項羽や劉邦に出逢った酒家にも何度か訪れたがあの日以来、彼らと出逢うことはなかった。

既に留を離れたのだろう。

もう一度、項羽には会って関係改善に努めたかったが……。

俺達は宿近くの酒家で、集めた情報を整理する。

「やはり城中にいる線が濃厚ですね。それに何か慌ただしいようです」

「うむ……。我らを警戒して、という訳ではなさそうだが。どちらにしても現状では手が出せん。一度臨淄に戻り、王の許しを得て兵を率いてくるしかないか」

戦争になるのか……。

厭戦の感情を抜きにしても、ここを攻め込む旨みは少ない気がする。

斉の領地にしても飛び地になるし、章邯率いる秦が動き出した今、兵を損耗するのはよくないだろう。

しかし内紛の種を残したまま秦と争う方が危険だ。ここは禍根を断ち、後顧の憂いをなくしておくことが肝要だ。

「勝てますか？」

同じく難しい顔をしている田横に問いかける。

「規律は弛く、質も悪い。ここの兵ははっきり言って弱兵だ。勝つのは難しくないだろう」

田横はこの数日間で見た兵の印象を語り、自信を覗かせる。

「なんにせよ、そろそろ軍に戻るか。華無傷達も心配していよう」

「そうですね」

　田横が率いている東征の軍は現在、華無傷に指揮を任せ、莒の地を中心に無理のない程度に鎮撫に動いている。


「……二、三日中には彭城へ兵を進めるそうだ。負ければここも……」

　俺と田横は、後ろから聞こえてきた不穏な会話に顔を見合わせる。

　振り向くと行商人らしき男が二人、杯を片手に留を離れる算段を話し合っている。

　俺達は頷き合い、席を立つ。

「すみません、我々はつい最近ここへ商売に来たのですが少し一緒に呑みませんか？」

　酒瓶を彼らの前に置き、それを勧める。

「あん？　おお、これはありがたい。まぁ座られよ」

　酒を目の前に相好を崩した行商人らに相席させてもらう。

「先程、兵を進めると仰っていましたが」

　座った俺は酒だけでなく、銭の入った小袋をそれぞれに渡す。

　行商人はすぐに察したようで小袋を懐に納め、感触を確めながら話し始めた。

「ああ、それがな。下邳まで来ておる項梁という人物がここの楚王を偽りと断ずる声明を発してな、近々攻め込んでくるらしい」

「えっ」

「項梁はあの楚の項燕将軍の子。数は互角だそうだが、景駒に勝ち目はあるまい。ここも戦場となりそうだ。早々に離れた方がよいだろう」

項羽からの情報を得た項梁が動き出したようだ。

『真に楚を名乗るべき者は他にいる』

項羽はそう言っていたが、動きが早ぃ。

田横は俺に視線を送る。俺は頷き、

「……なんと恐ろしい。では商売どころではありませんね。急いで宿に戻り旅立つ準備をせねばなりません。あ、残った酒はどうぞ」

行商人達に礼を言い、席を立つ。

「戦場は彭城辺りになりそうだ。ここには今日明日来る訳でもないのに随分臆病なこった。そんな強そうな護衛を連れているのに」

「まぁ、慎重なのは商人にとって悪いことではない。兄さん、あんた大成するかもな」

護衛と勘違いされた田横は苦笑いで返答し、護衛らしく俺に付き従うように店を出た。


「どうやら先を越されたようだ」

田横は複雑な表情で宿の部屋で腰を下ろす。

「あの行商人達は景駒達に勝ち目はないように言っていましたが」

「張良の話でも項梁、項羽は江南を治めるのに負けしらずと言っておったが……。景駒の軍に負ける軍はそうそう居まい。まぁ戦に絶対はないから実際にやってみんことにはわからんが」

田横は顎鬚を撫でながら思案する。

まず間違いなく項梁の軍が勝つだろう。

項羽が率いる軍はこの時代最強だったと覚えているし、ここで景駒達が項梁に負けるから俺の記憶にもその名がないのだろう。

それはそれとして、

「この状況で田假達がどう動くか」

「うむ」

俺達は複雑になったこの状況に悩み、腕を組む。

うーん……。

俺は暫く考え、幾つかの可能性を提案する。

「考えられる行動の一つは、景駒の勝ちを期待して、そのまま留の城に留まる」

「うむ、ただ田都がここの弱兵振りに気付いていないとは思えん。それを座して待つとは考えにくい」

田横の反論を受けて、俺は次の提案をする。

「では田都が客将として一軍を率いる」

「なるほど、田都は将としては有能。自身が率いれば或いは勝てると自信家の奴なら考えるかもしれんが……」

将としての能力は田横も認めているようだ。

「どちらかと言えば田都は慎重派ですよね。勝てる賭けにしか乗らない。分が悪いなら逃げ道を用意する」

「そうだな。今回の戦は話通りなら、かなり分が悪い」

そして俺は最後の案を口にする。

「あとは、逃げる」

田横が大きく頷く。

「匿ってもらった恩など気にする奴らではない。また別の庇護先を求めて留を離れるというのは大いに考えられる」

傲慢な奴らなら、これが一番可能性が高いだろう。

「この状況で逃げるなら景駒達に気づかれぬよう密かに少数で、であろう。そこを捕らえるか。こちらも少数だが、先に田都さえ倒せばあとはなんとかなろう」

危険な賭けだが好機でもあるか。

「しかし逃げると決まった訳ではありません。暫く留まり、引き続き城を見張っていましょう」

「うむ、そうだな。華無傷には悪いがもう少し代理をしてもらおう」

それからまた数日、城を見張る従者からの急報を受け俺達は大通りに向かう。

景駒の軍が出兵するようだ。

出兵を見物する人混みの中、隠れるように行進する軍を覗く。

そこで見たものは、兵を率いて鎧(よろい)に身を包み馬車に乗る田安、田都、そして旅装の田假だった。

「意外だ。どういうつもりなのか」

軍を見送った田横が訝しみ、俺も頭を捻(ひね)る。

「うーん……、勝てると踏んだのでしょうかね？」

「田安はともかく田都はそこまで楽観的ではないと思うが……」

「ですね。それに三人とも戦場に行くのも何かおかしい」

田横は通り過ぎる田都達を見送りながら、腕を組んで呟(つぶや)いた。

「こうなれば戦場まで行くしかないか……」

えぇ……、それはちょっと、いやかなり危険なんじゃ……。

「楚王は直系にあらず。景氏の景駒でありました。それを補佐するのは秦嘉を始め、陳勝の配下であった者達でした」

留の偵察から戻った項羽は、項梁にその諜報結果を伝えていた。

「ふむ、それでその評価は」

項梁は兵糧を割り振るため、書簡に筆を走らせながら問う。

「話を聞くに、秦嘉の意思に首を縦に振るだけの飾りの王だと。そしてその秦嘉は傲慢にして、狭量。陳勝が居なくなったのを好機とみて、その遺産を掠め取ろうと旗を揚げたのでしょう。火事場の狗盗【※2】の類いです」

「軍勢は」

「四から五万。その大半が陳勝軍から逃げてきた敗残兵かと。規律は弛く脆弱。私にお任せ頂けたなら一蹴してみせましょう」

「うむ、なかなか調べてきているではないか」

珍しく叔父に誉められた項羽は頭を掻き、照れ臭そうに笑う。

「痛っ」

「どうした、怪我でも負ったのか」

項羽は項梁の問いに、何故か慌てて否定する。

「いえ！　少し頭をぶつけましてな。瘤ができただけです」

【※2】狗盗。狗のように人の家に忍び込み、物を盗むこそ泥。孟嘗君の生んだ故事『鶏鳴狗盗』は、鶏の鳴き真似が上手いだけの者やこそ泥でも使い方次第で役に立つという意。

「そうか」

項羽の苦い顔に訝しみながらも項梁は思う。

項梁が知りたいことは知れた。人物評には項羽の主観が入っているかもしれないが、大した問題ではない。

この激流の時代、人の評判など勝敗の後に付いてくるのだ。

項梁は筆を擱く。

そして新たな書簡を取り出し、また筆を走らせ始めた。

「どう動きますか、叔父上」

呼び掛けを無視し、書き上げた書簡を項羽に渡す。

そこに書かれていたのは、

『秦嘉は陳王の敗戦に乗じてそれに叛き、景駒に楚王を僭称させた。大逆無道の秦嘉に天に代わって誅を下す。心在るものは我が旗の下へ参じて共に逆賊を討つべし』

という檄文であった。

「楚は二つもいらぬ。この内容を喧伝し、偽りの楚を滅す」

陳王の名は死してなお、こうした名目に役立つ。いや死んだからこそ、その名に利用価値があるのだ。

「はっ！」

慎重な叔父が遂にその腰を上げることに項羽は喜色を隠さず、受け取った書簡を手に拝手した。

「急ぎ、戦の準備に取りかかります。先陣は是非とも私に」

「うむ。新たに加わった将の軍才も見定めねばならん。黥布と二人で並び立て」

「承りました」

項梁は足早に部屋を出る甥の背中を見送った。

この戦いに勝てば項梁の名は一気に中原に拡がる。

そして下邳から北上する項梁軍に一人の使者が現れ、その勝利はより確実なものとなる。

「野戦を選んだか」

彭城近くの小高い丘の上。俺と田横はその陣を覗き見る。

一度彭城に駐屯した景駒の軍は景駒自身と守城の兵を残し、東に流れる泗水に沿って進んで開けた草原に陣を置いた。

いつもは青く茂る草で覆い尽くされた平原が、今は武器の煌めきと革鎧の暗い色、そして軍勢の喧騒に埋もれている。

弱兵とはいえ数万の軍勢。

これが一つの塊となって移動する様は、地を這いずる巨大な怪物のようでもあり、草の海をゆっくりと回遊する怪魚のようでもある。

「田都達は……わからぬか」

身震いする俺の隣で田横が呟く。

遠く離れたこの丘からでは田都達がこの軍のどこにいるかはわからない。近づきすぎると偵諜の兵と疑われ捕縛されてしまう。

「彭城に残った兵の中にいる可能性もありますが……」

「うむ……。しかし客将として赴くなら働かなければなるまい。こちらにいるとみた」

確かにそうか。匿ってもらった恩を返すためには前線で働くってのが普通か。……普通ならだが。

「それに中が気にするあの若造の戦いぶりも見ておきたい」

項羽か……。

俺の義理の兄は、項羽は中国史上最強の将の一人みたいなことを言っていたけど、本当のところどうなんだろうな。

それをこれから目の当たりにするというのも不思議な気分だ。

見たいような見たくないような……。

やがて陽が中天にさしかかる頃、風が通り抜けたのを感じた。

「来たぞ」

その直後、田横の低い声が響いた。

景駒の軍からは接敵の合図なのか、太鼓が鳴り響く。

そんな慌ただしい景駒軍に向かって近づく、幾多の足音を咆哮の様に響かせ、もう一匹の巨大な怪物が現れた。

相対し合う二つの軍。

そこから互いに一台の馬車が駆け出し、陣の先頭に立った。

「遠くてよく見えぬが、あれが項梁か。景駒軍の方は秦嘉であろう。戦闘前の口上戦か」

何か言葉を交わしているようだが、ここからでは聞こえない。

大方『楚を騙る偽者め！』とかなんとか言ってるんだろう。

「始まるぞ」

やがて馬車が陣の中に戻ると、両陣営から太鼓が激しく打ち鳴らされた。

弓矢が大粒の雨のように降り注がれる。

そして太鼓の音を打ち消すほどの足音と掛け声が響き、両軍の距離が縮まり先陣が衝突した。

土埃が宙に舞い、衝突した先陣の様子を隠す。

隠れ見ているこの場所にまで、強く熱い風を感じた気がした。

「これは……」

黄土色に霞むかす先に目を凝らすと、見えたのは圧倒的な力の差。

その光景に冷たい汗が背筋を流れる。


項梁軍の先陣が景駒軍を一方的に圧おしていく。

特に中央、黒い一団は一つの巨大な鎌のように景駒の兵の命を刈っていき、敵の布陣を易々やすやすと切り裂いた。

「支援を向かわせねば、早々に崩れるぞ……！」

田横が唸るように口にする。

その声が届いたのか景駒軍は控えていた後軍を投入し、圧殺されそうになる中央を支えようとした。

それを受け、さすがに足が鈍る項梁の先陣だがそれでもじりじりと前に進んでいる。

項梁軍の後詰が動く様子はない。

「こんなに……」

差があるのか……！

唖然とする俺を横目に田横が小さく叫ぶ。

「おい！　あの景駒の左翼、どうしたのだ？　何をしている？」

田横の声に左翼に目を向ける。

五千くらいだろうか。その一団は、鮮血と砂煙の踊る喧騒を余所にポツリと佇み、ゆっくりと軍から離れ始めていた。

そして何を思ったのかさらに戦場を離れ、遠ざかり始めた。

おい……、おい！　まさか!?

「あれは……。田都達ではないのか……？」

田横が最悪な予想を口にする中、その部隊は草原に消えた。

その大きく開いた穴を見逃すはずもなく、項梁軍の右翼がその傷口に猛然と噛みつき喰い千切る。

完全に崩壊した景駒軍の左翼はちりぢりに霧散した。

そして左翼を食い破った項梁軍はその勢いのまま、今度は中央の横腹に噛みつく。

圧されながらも善戦していた中央だったが、これに耐えきれるはずもなく一気に瓦解した。

陽はまだ傾いてもいない。

午後の色濃い陽光が、北へと逃げる兵、赤く染まった草、そしてその上に横たわる幾多の死体を熱く照らす。

その重たく鈍い空気を吹き飛ばすように、項梁軍の勝鬨(かちどき)が木霊(こだま)した。

「……」

「……臨淄(りんし)に戻ろう。あの去っていった一団も気になるが、項梁の強さも伝えねばならん」

肩に置かれた田横の手とその言葉に、我に返った。

「はい……。先ずは華無傷殿の下へ急ぎましょう」

「快勝であったな」

追撃の準備に入る中、顔面に入れ墨を施された男が項羽に話し掛ける。

「黥布(げいふ)」

賊紛(まが)いの男だが、将としての才は目を見張るものがある。

今回も敵左翼に出来た綻びに素早く突っ込み、続けて中央への挟撃で勝負を決した。

「敵は弱兵。加えてあの左翼の一団の離脱。なんとも楽な戦いであった」

「ふん、あのような謀略がなくとも正面からねじ伏せられたわ」

「まぁそれはそうだが、楽ができるに越したことはない」


両軍がぶつかる前のこと。戦場に向かう項梁の下へ斉の使者を名乗る者が書簡を携え現れた。

『これは楚人同士の戦いであり、斉は干渉したくない。しかし景駒、秦嘉の軟弱な楚であっては これからの秦打倒に肩を並べる国としていかにも心許ない。今、図らずも客将として戦場へ赴い ているが本意ではない。景駒に恩義がある故、反旗を翻して攻める訳にはいかぬが、我らは開戦 と同時に離脱する。そこを突かれよ』

そう書かれた書簡に項梁は半ば信じず、

「離脱が起ころうと起こるまいと、ただ粛々と攻めるのみ」

そう冷静に言い、行軍を再開し景駒軍と相対した。

そして現実のものとなった謀計に黥布がつけ込み、項梁軍は大勝した。


「斉の田都と言ったか。やはり斉人は腰抜けで小癪な者が多い」

まぁ、そうでない者もいるようだが……。

そう続けた項羽の言葉は口の中で声にならず、黥布の下へは届かなかった。

「項羽将軍」

部下が追撃の準備が整ったことを告げる。

「降伏した兵のせいで足が鈍りそうだ。あのような弱兵、我が軍に取り込んでも使い道はない。皆殺しにするか」

「それを決めるのは項梁様だろう。盾くらいにはなるのではないか」

　物騒な会話を交わしながら二人は別れ、それぞれの率いる隊へと戻っていった。


「急ごう。あれでは彭城も一日持つまい。項梁の兵が留（りゅう）へ辿り着くのに、そう時は掛からんぞ」

　田横と急ぎ留に向かう。

　留に残した従者達と合流し、莒（きょ）にいる華無傷達の下へ。そして臨淄（りんし）へ戻る。

　臨淄に一度戻り、項梁達との関係を協議しなければ。

　俺はこれからを思い描きながら、緑の濃い草原の中を馬で駆ける。

　まずは項梁の楚（そ）や各国と対等な同盟を結び、対章邯と咸陽攻略に兵を出す。

　斉、楚、魏（ぎ）、趙（ちょう）、それから燕（えん）か。

　斉が咸陽を落とせば最高だが、落とせなくても何かしら功績を残せば後に大きな顔はされないだろう。

今興っているこの五ヵ国で安定させるような方針が現実的か。それとも秦を存続させ、あとは……韓だったか。韓を復興させて秦統一以前にあったらしい七国でもいい。

劉邦は歴史の陰に埋もれてしまうが、あいつの総取りを阻止すれば田一族の滅亡は免れるだろう。

まずは秦を倒さなきゃな。

よし……今まで漠然としていた方針が具体的になってきた。臨淄へ戻ったら、もう少し細かく詰めて提案しよう。

懸念があるとすれば田假達だが……先程の戦闘で倒れたと考えるのは虫が良すぎるか。

離脱した一団が田假達だとしたら、また兵力を得たことになる。行方を追おうにも斉国外でのこと、探し出すのは難しい。

再び国内に戻ってきたところを叩くしかないだろうな……。

俺は漸く見えてきた田氏存続の光明と、そこに落ちる一筋の影に頭を悩ませる。

おっと、いかん。馬を操る手綱が疎かになり田横に遅れ出した。

「おい、中！　遅いぞ！　置いていくぞ」

あ、待って。

田中達が臨淄への帰路を急ぐ頃。

遠征を一旦終え、臨淄へと戻った斉王、田儋は玉座に座り、魏の周市と対峙していた。

「わざわざ魏の宰相が参られるとは余程の大事。何はさておき用件を聞こう」

周市は頭を恭しく下げ、話し始めた。

「斉王のご配慮、感謝いたします。ならば早々に。今、我ら魏は存亡の窮地」

「……秦軍か」

「はい、陳王を破った章邯の軍が魏に侵攻してきました。その圧倒的な数と苛烈さに我が城は次々と陥落、本拠を置く臨済を包囲されております。魏を助け、共に秦を撃ち破って頂きたい」

田儋は周市の胆力に感心した。

危機的状況に、心情は焦燥感に胸を焦がしていようが、それを面に出さず淡々と語る。

「しかしあなたは以前、斉の領土を侵した。互いに矛を収めたとは言え、つい最近争った我が国に援助を頼むとは少し虫が良すぎる話ではありませんか」

田儋の傍らに立つ斉の宰相、田栄が指摘する。

周市は狄に迫るほどの侵攻を見せ、斉の領地を刈り取ろうとした。

田儋、田栄が迎撃して周市は退き、和平を結んだがそれがつい数ヶ月前である。

「魏王咎のため広く領土を得、強国を創ることに心奪われておりました。斉王に諫められ、今この胸中にあるのは合従の策。各国と結び、秦を打ち倒すことです」

田栄はその言葉を聞き、周市を警戒する。

合従策【※3】自体は悪くない案だ。強大な秦には生まれたばかりの一国では立ち向かえない。

しかし戦国時代それを提唱し、秦を除く六国の同盟を実現させた蘇秦【※4】という縦横家はその盟の長となり、六国の宰相も兼任した。

そんな壮大な野心を隠しているのではないかと眉をひそめ、周市を見据える。

「蘇秦の合従策ですか。では他の国へも援軍の要請をしているのでしょう」

周市は僅かに眉を寄せ、首を左右に振った。

「確かに広く各国へ援軍訴願の使者を派遣しましたが、趙は内乱から立ち直っている最中で燕は遠方。楚は未だ兵少なく、その王景駒も信を置くにあたわず。なれば義と仁を以て斉を隆々と治める王の御心にすがるしかございません」

田儋は静かに周市を観た。

自身が魏王を名乗ってもおかしくないこの時世にあって、公子咎を王へ即位させるため陳勝に何度も使者をやって粘り強く交渉し、漸く魏を再興させたと聞く。

周市から溢れ見えた苦悶の色に田儋は魏を、魏王を想うこの男の本質を見た気がした。

【※3】合従策。戦国時代中期、強大になった秦に対抗するため他の六国が同盟を結んで秦に対抗しようとした蘇秦が提唱した外交策。逆に六国が個別に秦と結び、自国を秦脅威から防ごうとする策を連衡策といい、張儀がその代表に挙げられる。

【※4】蘇秦。張儀と共に鬼谷子に縦横の術（外交術）を学び、困窮した放浪生活の後、燕の文侯に進言して趙との同盟を成立させた。それを手始めに、他の五国の王を説いて回り合従策を成功させ、六国の宰相を兼任した。

「わかった。兵を出そう」

田栄が逡巡する中、田儋の返答に戸惑いの声が漏れる。

「王よ……」

「栄よ。魏王咎とその王弟豹(ひょう)は仁徳の人と名高い。この周市を援(たす)けるのではない、魏王を援ける。どのみち秦にはあたらねばならん」

田儋はここで少しため息のように息を吐き、困ったように笑って続けた。

「この田儋は義に生きてきた。隣国が滅ぶのを黙って観ていては我が義が死ぬ。王となったとて、この生き方は変えられんよ」

地表に溜まった塵(ちり)を一掃する、強く清快(せいかい)な風。

——そんな人こそ我が従兄(じゅうけい)にして斉王、田儋である。

田栄は胸を張り誇らしげに田儋を見詰め、頭を下げた。

「王のご意向のままに……」

それを見ていた周市は跪(ひざまず)き、床に付くほど頭(こうべ)を垂れた。

伏せた周市の顔の下、敷き詰められた石床(いしどこ)が、ポツリと濡れた。

援軍を約束された周市は、その朗報を急ぎ伝えるため、慌ただしく城を出ていった。

王の居室、田儋と田栄は二人きりで向かい合う。

「西征の軍に増員を加え、魏への救援軍とする。急ぎ再編を頼む」

「周市の話を聞くに、秦の兵数は数倍。あの陳勝を破り勢いもあります。勝てますか……？」

田栄が言葉少なに問う。

「正面から戦うのは避けたい。まずは臨済の包囲に奇襲をかけて穴を開け、魏王を救出する。その後は魏や近隣国と連携して少しずつ削っていく。一度の戦で勝つ必要はあるまい」

――厳しい戦いになる。

そのことは田儋にもわかっている。

しかし、援軍を送ると決めた。義に生きる田儋は約束を反故にすることはない。

「栄よ」

田儋が従弟の名を呼ぶ。

「はっ」

「我が死ぬことがあれば、次はお主が王として立て」

田栄は驚き、従兄に詰め寄る。

田儋の瞳に宿る厳しい眼差しが、冗談ではないことを物語っている。

「……何を仰います、王が死などと！　それに太子の市様が居られるではありませぬか！」

田市の名を出された田儋の顔が曇る。

「あれは……、市は日頃強がってはおるが、その根は優しい。しかしその分脆弱だ。人としては可愛(かわい)げがあるが、上に立てる器ではない。我は育て方を誤った」

田市は口悪く、居丈高な態度を見せるが、その裏には田家や歳(とし)近い田広(でんこう)を憂慮する心が隠れている。

それは美点だが、その気持ちが強すぎて優柔不断で臆病になっている節がある。

田栄にもそれは解(わか)っているが、それでも長子継承は国の安定の礎(いしずえ)である。

「王に危機が迫るのであれば、まず私が前に立ち、盾となって死にましょう」

田儋は田栄の覚悟に静かに首を振った。

「仮の話だ。死にに行くのではない」

そして表情をふっと緩め、苦笑して言う。

「実はな……。お主は怒(いか)るかもしれんが」

「いえ、王のお言葉に怒るなど」

「本当は今直(す)ぐにでも横に王位を譲りたいのだ。お主を飛び越えてな。あやつこそ真(しん)に王の器だ」

田栄は驚きもせず、怒りもせず。ただ目を伏せ、そしてあえて王とは言わず、

「……弟は従兄を父として敬愛し、支えようとしております。どうか弱気なところを見せませぬよう」

田儋を従兄と呼び、諭すように応えた。

「怒ったか？」

田栄は微笑を湛（たた）えて否定した。

「いえ、従兄のお気持ちよくわかります。出来の良い弟を持つと兄として誇らしい反面、面目を保つ為に苦労します」

その言葉に田儋も嬉しそうに微笑む。

「ふっ、我は出来の良い従兄弟を二人も持ってお主の倍、誇らしく、そして倍、苦労している」

王の居室で笑い合う二人の間に、柔らかな風が通り抜けた。

第13章 斉王

「田横様、田中殿！」

莒へ到着した俺達を、華無傷が待ちくたびれたとばかりに出迎えた。

俺と田横は留で従者と合流し八日目の朝、莒へとたどり着いた。

従者へも馬を用意したかったが、すでに景駒軍の敗戦の報が届いていた留は混乱の真っ只中。

馬商人が捕まらず、徒歩に合わせての移動を余儀なくされた。

「遅くなったな、華無傷。代役ご苦労だった」

田横が華無傷の肩に手を置き、労る。

「随分と長い交渉だったのですね。まぁお陰で俺は軍を率いる調練を積めましたが」

兵達の様子を見ると、明るく雰囲気が良い。かといって決して弛んでいる訳ではない。

華無傷本人の色がよく出ている軍に見えた。

やはりチャラいだけの男じゃない。

田横もそれを承知でこの男に留守を頼んだのだろう。

「よく纏めていたようだ。急ぎ臨淄へと戻る。準備を進めよ。事情は後で話す」

「……はっ。出立だ！　臨淄へ戻る！　急ぎ陣を払うぞ！」

華無傷は田横の言葉に一瞬、訝しむ顔をしたがすぐに振り返り、部下達に出立の準備を命じる。

この辺りの切り替えの早さは田横への信頼と本人の瞬発力だな。

ほんといい部下で、いい上司だよな。

俺のサラリーマン時代とは大違いだよ……。

華無傷の指揮に依って、太陽が中天にかかる頃には準備を終え、俺達は臨淄に向かい出発した。

「しかし、その離脱した隊が田假達だとしたら、また面倒なことになりますね。折角追い詰めたと思ったのに……」

臨淄を目指す道中、田横から事情を聞いた華無傷から愚痴が溢れる。

「仕方ありません。相手への義理や人情を無視している分、彼方は行動の選択肢が多い。こちらの斜め上を行かれましたね」

その愚痴に同意しつつ、俺は応える。

「斜め上？」

「常識外ってことです。常識を踏まえて、壁を真っ直ぐ越えるのではなく、別方向から越えてくる」

「なるほど」

いつもより速い行軍に俺達はそれ以上無駄口を叩くのを止め、言葉少なに臨淄を目指した。

莒から臨淄までは距離的には留から莒よりもかなり短いが、軍での移動は人も荷物も多い。

やはり八日ほどかかり、俺達は漸く臨淄へとたどり着いた。

「何、魏への救援!?」

俺達を迎えたのは田市、田広、蒙恬。

西方面の平定を終え、臨淄で待っているはずの斉王田儋と宰相田栄は居らず、魏へと向かっていた。

「はい……。私達を臨淄の守備に残し西征の軍を再編して七日ほど前に出立されました……」

田広の憂いの帯びた声が城の一室で響く。

魏は現在首都とした臨済を章邯に包囲され、斉に援軍を要請したらしい。

他国にも使者を派遣しているようだが、一番可能性の高かったこの斉には宰相周市自ら訪れ、救援を請うたようだ。

そして斉王はそれを了承し、臨済を救うべく軍を出した。

「わしは腕がまだ治りきっておらぬと留守を任された。せめて田横殿が戻るまでお待ちを、と申したのだが」

蒙恬は布で吊るのは止めていたが、未だ添え木で固定された腕を擦る。

老いて尚その気力は衰えぬ蒙恬だが、やはり年齢のためか怪我の治りは遅くなっているという。

「臨済の救援は一刻を争うと……。そこまでしてやる義理はなかろうものを……!」

田市は悔しげに拳で手のひらを打つ。

その身の安全、同行出来なかった悔しさ、危険を冒してまで援ける意味。

三者三様、想いはそれぞれのようだが残された彼らの表情は険しい。


これは……まずい……と思う。

確か章邯は項羽に負けるまでは破竹の勢いで勝ち進むはず。

ということは、ここで章邯は負けない。

それは魏と斉が勝てないということだ。

……史実では、田儋、田栄、田横は三人とも王になる。

負けるだけならまだしも、もしかしたらここで田儋は……。


「横殿！」

俺は自分の思い浮かんだ悪い予感に焦り、田横を呼ぶ。

「うむ、急ぎ追いかけよう。田市様達はこのまま留守を頼む」

田横は即座に頷き、援軍を追うことを決断した。

しかし魏と斉を合わせ、俺達が追い付いても秦の兵力とはまだ開きがあるだろう。

景駒の楚へも援軍を請いに行ったようだが、今頃景駒達は項梁によって壊滅させられているだろう。

魏の使者が項梁へ援軍を請うような機転が利く人物だといいのだが。

「待って下さい！　私も戦えます！　どうか同行のお許しを！」

田広が進み出る。

整った顔立ちに決意を固めたその表情は父、田栄の面影が見える。

その若さからくる快活さと清らかさは、篤実で頼りがいを感じる。

広殿……本当にいい男になったなぁ。

「広殿」

俺は田広の肩に触れ、その真っ直ぐな目を見て話す。

「田假達を追いきれず、新たに兵を手に入れた可能性があります。この臨淄にも憂い事が残りました」

田広はハッとして俺の顔を見る。

「怪我の癒えぬ蒙恬殿に代わり、この臨淄と太子様を守れるのは田広殿を措いて他にはいません。どうかこの臨淄をお願いいたします」

それと、

「俺の嫁も頼みます」

俺はそう言って田広の胸を軽く叩く。

まだ嫁じゃないけど。

田広は唇を噛んだがやがてフッと笑い、そして俺を恨めしそうに見た。

「やはり中殿の弁は狡い。そのようなことを言われたら残るしかないではないですか。……奥方と、この臨淄の守りはお任せ下さい」

大人は狡いもんだよ、広殿。

田広の恨み節に苦笑が漏れる。

「広殿、ありがとう」

実際もう二度と蒙琳さんを危険な目に遭わせたくないしな。田広と蒙恬がいれば安心して斉王を追える。

「よし、話は纏まったな。すぐにでも出立したいところだが、臨淄までの急行軍で兵も疲れている。このまま追いついてもまともに戦えん。兵には悪いが今日は休養を取り、明日準備でき次第の出発としよう」

田横がそう言って手を打ち、皆がそれぞれの準備に入る。

俺もまずは田横と、率いていた兵と臨淄の守備兵との交代、補充など再編を話し合う。

他にも武装の補填、兵糧の手配、急ぎやることは沢山ある。

それらを各所に伝えて……兵は休めても事務官や上官は休めねえな、これ。

まぁ、今日一晩はゆっくり寝られるか。あー、会いに行く暇はないかぁ。

田横と協議を終え、兵糧の確認に向かう俺の背中に声が掛かる。

「田中」

「蒙恬殿」

蒙恬は未だ癒えぬ傷を抱えながらも、それを感じさせず精力的に動いている。

「田安らを捕らえることは敵わんかったか」

ただ一人の親族、蒙琳を拐おうとした田安達。

蒙恬は田安達に狄の田氏と同等の、いやそれ以上の憤怒を持っていることだろう。

「申し訳ありません……」

「いや、責めている訳ではない。奴らは狡猾だ。意地汚く逃れているのだろう」

「…………」

正直、追い詰めても追い詰めても、逃れる奴らには薄ら寒いものを感じる。

どんなに汚かろうと最後に勝てばよい、という印象はそれこそ史実の劉邦のような……。

元々こうなる歴史だったのか？　それとも俺が、歴史が変わってきたからあんなに……。

「田中？」

背筋に伝う冷たい汗と蒙恬の声で我に返る。

「あぁ、すみません。蒙恬殿、くれぐれも留守を頼みます。またここを狙うかもしれない」

「うむ、腕も大分良くはなってきておるし、指揮には問題ない。城を守る戦いは北で散々やってきたからな」

蒙恬は北方で異民族侵攻から秦を守っていた将軍。城を守ることにかけては随一だ。

「お頼み申し上げます」

「王からも承っておる、任せておけ。ところで」

頭を下げる俺に蒙恬が髭を扱きながら話題を変える。

「琳は我が屋敷に居る。忙しいのは分かるが、会ってはやれぬか？　これを逃せばまた長く臨淄を空けるだろう」

そうなんだよなぁ。何とか時間見つけて会いたいが、明日には出発だしな。

それに兵達も臨淄に家族が居る人は少しの時間は会えるだろうが、近隣から来ている兵達は会えずに出発することになるだろう。

俺だけ蒙琳さんに会うのもなぁ……。

「気丈に振る舞ってはおるが、お主を想っているのだろう。淋しげに遠くを見つめることがある」

……。

「婚約してから何も進まぬばかりか、会えてもおらぬ。不安にもなろう」

………。

「す、少しの間だけ。ちょっと夜遅くなるかもしれませんが……」

俺だって会いたいの我慢して仕事してんのに、そんなこと言われたら会いたくなるじゃん。

「かまわん。いくら遅くとも待っていよう。琳に伝えておこう」

蒙恬と別れた俺は、久々に社畜時代のような残業地獄を味わいながらも、怒濤の勢いで事務処理をこなした。

モチベーションが大違いな分、思ったより早く終わったぜ。

よし、蒙琳さんに会いに行こう！

満天の星がかかり、辺りは虫の鳴き声以外は響かない月夜。

普通なら決して訪問すべき時間ではない夜中。

俺は蒙恬の屋敷を訪ねた。

夜遅くにもかかわらず、嫌な顔一つせずに迎えてくれた家僕に連れられ、ある部屋に通された。

「田中様」

その部屋で弾むような笑顔で出迎えてくれたのは、婚姻の約束を交わした美しい女性。

「蒙琳殿」

その少し明るい色の大きな瞳が、薄暗い中で蠟燭の暖かみのある光に仄かに揺れる。

その瞳に吸い込まれそうになった俺は、少し焦りながら話し掛けた。

「お元気でしたか？　臨淄までの道中、何もありませんでしたか？　戻ってから不自由はありませんか？　蒙家のこと、警備は十分でしょうが不穏なことはありませんか？　あ、蒙恬殿は？

もうお休みになっていますか？」

　蒙琳さんは俺の矢継ぎ早な質問に少し呆気にとられ、そしてふふっと笑った。

「はい。護衛が増えて少し仰々しいですが、私自身も気を付けて過ごしております。田中様、まるで父上のようなことを」

　そう言って蒙琳さんは亡くなった父、蒙毅を思い出したのか懐かしむように目を細めた。

　親馬鹿だったもんな……蒙琳さんも慕っていたし。

　いい親子だったよな。

『これからは蒙毅殿に代わって貴女を守ります』

　そんな格好いいことが言えればいいのだが。

　照れ臭さと不甲斐なさで頭を掻く。

「明日にはまた出立されると……」

　そんな俺を憂わしげな表情で見詰める蒙琳さん。

　また婚姻が延び延びになってしまう。それどころか無事に帰って来られるかも……。

「はい。斉王を追いかけ臨済へ向かいます。……あの、婚姻をお待たせして申し訳ありません」

　俺の謝罪に蒙琳さんは首を振り、

「いえ、田中様は国の中枢を担う一人。私もかつては公官の娘。個人の事情を考慮している時ではないと重々承知しております」

そして俺の胸に手をあて寄り添う。

「祈ることしかできませんが、ここでお戻りをお待ちしております。どうか、ご無事で……」

俺の帰りを待ってくれる人がいる。

それだけでこんなに嬉しいものなのか。

「必ず……戻って来ます」

俺はその肩を抱き、唇を重ねた。


斉王田儋が臨淄を発って二十日余り。

軍は臨済まであと二、三日というところまで進んでいる。

周市が臨済外でかき集めた魏軍と合流し、斉軍を案内するように先行している。

それを追うように少し離れて、田栄が前軍。さらに後方、斉王田儋は後軍に控えている。

太陽が傾き始め、行軍を停めた田儋は低い丘に陣を張った。

その丘に収まりきらない田栄軍は丘からやや離れた平地へ、さらに離れた場所に先行している周市軍の陣が広がる。

「包囲軍のうち、三万ほどがこちらに向かっており、明日には対峙することになりましょう」

田儋の陣中、軍議のため後軍に訪れた田栄と周市は幕舎の中で斥候の報告を聞いていた。

「三万とは……。二十万の兵を擁していながら……何か策略があるのでしょうか」

田栄が訝しみ、考え込む。

周市軍が約一万、田栄軍が二万、田儋自ら率いる軍が二万である。

確かに周市の魏軍はかき集めの連携の拙い軍ではあるが、合わせて五万の軍を三万で迎撃しようというのか。

「我らを弱兵と侮り、章邯が直接指揮を執るならあり得る事かもしれませぬ。それだけ章邯には自信があり……実際に強い」

周市がどちらに言うでもなく、悔しげに呟く。

田儋は鬚を撫でながら、斥候に問いかける。

「他に秦軍に動きはないか」

問われた斥候は他の斥候から聞いた話を斉王に告げる。

「七日前、臨済を包囲している秦軍から七万程、北へ向けて離れたそうです。恐らく趙への援軍と思われます」

趙では李良に裏切られ、趙王武臣を殺された張耳と陳余が真の趙王の子孫、趙歇を探しだして王とし、信都を新たな首都と定め反撃に出た。

彼らは裏切り者の李良を撃退し、李良は章邯の下まで逃げた。

それに対して章邯は北から合流してきた王離を趙に差し向け、今は邯鄲で激しい攻防を繰り返している。

章邯は臨済の膠着した軍から、さらに趙へと援軍を送ったようだ。

「なるほど。趙への援軍で攻城の兵が減り、加えて我らに大軍を出せば包囲がさらに薄くなる。そのためこちらに向かう兵が三万しか出せなかったのかと」

周市はそう納得した。

「それでも三万は少なすぎるのでは」

「そこに章邯の驕りがありましょう」

田栄の憂いを周市が一蹴し、斥候に続きを促す。

「趙のお陰で包囲軍の数は減少しました。そして臨済城内に我らがすぐそこまで迫っていることも伝わったようで、城内は最後の力を振り絞っている状態ですが、持ってあと十日程かと」

報告を終えた斥候が退出し、三人となった幕舎で周市の声が響く。

「限界が近いようだ。先ずは迫る三万を蹴散らす。その後の臨済の戦だが……」

田儋は周市を見、計策の有無を諮った。その視線を受け、周市は進み出た。

「斉軍は城の東から陽動を掛けて頂きたい。その間に我ら魏軍が南から入城し、物資と兵を届けます。それが渡れば臨済の城も息を吹き返しましょう」

田栄は周市の無謀とも思える覚悟を聞き、憐憫の眼差しを向ける。

「陽動があるとはいえ、相手は未だ十万。……決死の突撃になりますよ」

周市は静かに微笑み、首を振る。

「魏王が倒れれば私の生きる意味も無くなります。私が倒れても魏王が助かるのであれば、私が死ぬ意味はございます」

決意の炎を宿した瞳は揺らがない。

「物資と兵さえ届けることができれば、このまま籠城を続けていられます。やがて各地の動きが活発になれば、秦軍もいつまでもここに留まることができなくなりましょう」

田儋、田栄は掛ける言葉が見付からず、ただ周市を見詰めることしかできなかった。

その無言を肯定と捉えた周市は一礼をする。

「陣に戻ります。まずは明日の野戦で圧倒し、城で待つ者達に希望の光を届けたい。どうかお力添えを」

田儋はその覚悟を決めた瞳を見据え、応えた。

「……うむ。驕る秦軍に魏の底力と新たな斉の強さを見せてやろう」

その言葉に周市は、再度礼をして幕舎を出ていった。

「まさに烈士【※5】よな」

「ええ、あのような男に忠を向けられる魏王、そして王弟豹もまた徳のある人物なのでしょう」

周市の去った出口を見詰め、二人は話す。


【※5】烈士。節義に堅く、激しい気性で自らの信念を貫き、それに殉ずる人。

「私も自陣に戻ります。王も明日に備え、お早めにお休みになりますよう……」

「栄」

一礼をして去ろうとする田栄の背中に、田儋が声を掛ける。

「死ぬなよ。いざとなれば逃げよ」

田栄は振り向き、

「弱気は禁物ですぞ。ですが、もし逃げるなら殿はお任せを」

そう言って微笑み、幕舎を離れた。

田儋は、一人となった幕舎で呟く。

「悪い予感が消えぬのだ。栄よ、横よ。我が倒れても斉を……」

夜の帳は未だ上がらず、曇天の空は月明かりもない。

しかし三万の秦軍との戦いとなる今日の朝日はあと一刻もすれば昇る。夜が白み始めれば兵達も起き出し、戦の準備に入るだろう。

寝床に腰掛ける田儋は、眠れぬ夜を過ごしていた。

そして、まだ闇に包まれた幕舎の外から喧騒が聞こえた。

外の喧騒に気付いた田儋は、寝台から立ち上がる。

兵同士の揉め事かとも思ったが何故か胸騒ぎを覚え、幕舎を出た。

そこで田儋は見た。

陣を張る丘の下からゆらゆらと近づく無数の炬火（きょか）。

――まさか。

鬼神のごとき険しい表情で幕舎の前に立ち尽くす田儋に、一人の兵が転がるように駆けつけ、報告した。

「王よ！　我が軍の周りを正体の分からぬ軍勢が……！」

それを聞いた田儋は、その正体をすぐに察した。そしてその身を翻（ひるがえ）し、幕舎へ向かう。

「章邯である。鎧（よろい）を持て！　前方の田栄、周市に知らせよ！　夜襲だ！」

「私は常に後がないのだ。驕ることなどできんさ」

暗闇の中、炬（たいまつ）の火に照らされた章邯は呟く。

――秦の陰の支配者、宦官趙高（かんがんちょうこう）に付け入る隙を見せぬため、勝ち続けなければならない。

発した言葉はそれだけ。またすぐに押し黙り、奇襲に動揺する斉軍に向かう。

七日前、北へ向かった七万の軍に章邯はいた。

河水（かすい）を越え朝歌（ちょうか）の辺りで五万の趙への援軍に向かう兵と別れた。

「わざわざ河水を越えた軍にまで斥候はついては来んだろう」

実際、斉の斥候は七万の軍が河水を北へ渡るのを見届けると、報告のためにその場を離れた。

章邯は残った二万を率いて引き返し、再度河水を渡り密かに魏斉軍の後方へと回り込んだ。

そして動きを気取られぬために夜のみの行軍でジリジリと迫った。

予定通り挟み撃ちの形を作った章邯は、前方から向かう秦軍が明日、魏斉軍と対峙することになった日、前方の三万の自軍に伝令を放つ。

「夜明け前に夜襲を掛ける。そちらも夜を駆け、混乱しているであろう魏斉軍に前方からあたれ」

そう伝え、夜を待った。


厚い雲が月も星も隠す真夜中。

章邯は馬だけでなく兵自身の口にも枚【※6】を含ませ、低い丘に灯る朱い光を目指し、動き始めた。

丘の麓で兵は大きく拡がり、小さな丘を包囲した。

そして枚を外し、一斉に松明に火を灯した。


【※6】枚。声を立てないように兵や馬に咥えさせる木。

「夜襲だと!?」

田儋からの伝令が届くまでもなく、丘の様子が変わったことに気付いた兵が周市に報告した。

周市は飛び起き、自陣の幕舎から出て田儋軍のいる丘を見た。

——燃えている。

離れて見るその丘は、全体が明かりを灯したように揺れている。

その幻想的な美しい光景に周市の頭に浮かんだのは、目の前の斉王の安否より魏王咎のことであった。

——まだ臨済にたどり着いておらぬ！ 魏王をお救いしておらぬのだぞ！

自分勝手な言い分だと自覚しながらも、その焦燥感で荒くなった口調で部下に伝える。

「兵を起こせ！ 急ぎ斉王の居られる丘へ向かう！」

兵に戦闘準備を急がせ、隊列を組ませる。

寄せ集めの一万の軍は、素早く準備できる隊もあれば、慌てるだけで一向に揃わぬ隊もあり、時だけが過ぎる。

「急げ！」

焦る周市は、緩みのある隊列で斉王の居る丘に向け出発させた。

しかし周市は、普段の冷静さであればすぐに気付くはずのことを失念していた。

そしてそれに気付いた時には遅かった。

「いかん！　前方の秦兵が来る！　反転しろ！」

急な反転命令を下した周市軍の後方。

周市の絶望的な予想は現実となり、三万の秦軍が迫っていた。

一万もの軍が、迫る敵を目の前に反転などできるはずもない。

方向を変えようとする兵と、前に進もうとする兵とが衝突し、潰れた団子のようになった周市軍に、さらなる混乱と死を呼ぶ軍勢が闇夜と同化しながら襲いかかった。

三倍の兵力差に加え、陣形の乱れ。寄せ集めの周市軍は為す術なく蹂躙されていく。

その様子を眺めるしかなかった周市は、天を仰いだ。

「魏王を救えぬばかりか、斉王をも死地に招いた私は……。私のしたことは……」

悔恨に苛まれた周市の目から涙が伝う。

――だが、せめて。

涙を拭い、前方の戦いに赤い目を向けた。

「逃げるな！　逃げても助からぬ！　ならばここで少しでも斉軍を追う敵を減らす！」

周市はそう叫ぶと、迫り来る暗い波に潜った。

しかし秦軍という波は止まることはなかった。

周市は押し流され、引っかけられ、倒され、刺され、首を掻き切られた。

田栄は自陣に帰っても眠らず、明日以降の戦術を思案していた。

周市に関しては、積極的に領地を拡げ斉にまでその触手を伸ばす野心溢(あふ)れる男だと思っていた。

しかし実際に会ってみると魏とその王のために奔走している忠の男であった。

善い男である。

そしてその男を宰相に据える魏王も好ましく思える。

——魏とは肩を並べて戦うことができよう。

そのためにも周市をここで死なせたくはない。

——何とか周市を犠牲にせず臨済を救援する手立てはないか。

そのようなことを考え、うつらうつらとし始めた頃。

「田栄様！」

外から名を呼ばれ、ハッと目を覚ました。

外に出た田栄は丘の様子を見た。

——従兄(じゅうけい)！

反射的に田儋の所へ駆けつけようと踏み出すが、前方からの三万も迫っているであろうことが脳裏を過った。

周市軍は一万。背を任せるには無理がある。

逆に救援に向かわねば崩壊の危機だ。

田儋側の敵の数は不明。炬火の数からして同数かそれ以下か。

しかし態勢の整わないままに奇襲を受け、不利は必至。丘を包囲されていれば逃げ場がない。

「迷っている時はございません」

田栄の校尉として従っている高陵君が静かに決断を促す。

「身内を重んじるは仁。最も尊ぶべき道。自国の大事でもあります」

田栄はいつもの穏やかな口調も忘れ、高陵君を睨む。

「周市を……、義を捨てよと言うか!?」

「我らが前方を救援しても数は互角。勢いを止めることができるかどうか。……ご英断を」

「…………」

いつもは好ましく思う高陵君の冷静さが今は腹立たしい。が、その意見は正しい。

「……斉王の救援に向かう。王救出後そのまま駆け抜け、近くの城へ一時撤退する」

田栄が絞り出すように伝えると高陵君は手を組み、礼をして素早く退がっていった。

その後ろ姿を見送らず、幕舎に引き返した田栄は急いで鎧を纏いながら、

「すまぬ……」

誰にも聞こえぬ声で謝罪の言葉を口にした。

田栄は馬車に乗り込み、駆けながら思う。

夜襲で特定の人物を狙って討つのは難しいが、あのように丘を包囲された状態では。

――間に合わぬかもしれぬ。

田栄は首を振って不穏な考えを払おうとする。

しかし、今夜の深い暗闇のように。

重たく絡み付いたその憂いは、頭から離れてはくれなかった。

迫る炬火は朱い蛇が這うように丘を登ってくる。

未だ陣は整わず、十分な灯りもないまま、田儋軍はその蛇に食われ始めた。

怒声、悲鳴が丘の頂点にまで届いてきた。

章邯の兵が斉王の兵を闇に沈めていく。

鎧を纏った田儋は暫し時を忘れ、その妖しく揺れる火を眺めていた。

「王よ、お退き下さい！　敵の数すら分かりませぬ！」

馬車を操り駆け寄った御者の言葉に我に返った田儋は、一度短く夜空を見上げたが、そこには闇しかなかった。

――せめて月明かりでもあれば……。章邯は天すら味方につけたか。

「栄と合流する。丘を駆け降りよ」

田儋を乗せた御者は、敵か味方かも分からぬ朱い光が交錯する隙間を縫いながら丘を下り、田栄軍のいる方向へと駆ける。

しかし、章邯はその行動も予測しており、田栄軍側の包囲を厚くしている。

炎に照らされた人影が次々に現れる。

それでも御者は、斉王の馬車を任されるだけの男であった。

人の塊を避けながら、右へ左へと駆け降りる二頭立ての馬車は確実に麓に近づいていた。

そして麓まであと少しという時、大きく揺れる車にしがみつく田儋の耳に風切り音が届いた。

闇を切り裂いて現れた矢は田儋の乗る馬車の馬の尻に突き立ち、もう一頭の馬を道連れに車ごと大きな音を立て横転した。

「ぐうっ」

投げ出された田儋。

天地が逆転し、一瞬自身の居場所を見失った。

気がつくと倒れ伏し、片足が馬車と地面に挟まれている。

どうにか足を引っ張り出し痛みを堪え、立ち上がった田儋が見たのは、こちらに迫る幾つもの炬火。

——この足では、最早逃げることは敵わぬか……。

田儋はもう一度、天を見上げた。

やはり星は見えない。

「栄、横。斉を、市を……頼む」

曇天に想いを込めて言葉を飛ばし、腰から剣を抜き天に掲げた。

「我は斉王田儋である！　我が倒れようと斉は倒れぬ！　黄泉への道、供をしたい者はかかってくるがよい！」

田儋は迫る秦兵に大喝を浴びせる。

炬火はその大声にゆらりと揺れ、戸惑い、止まったように見えた。

しかしそれは一瞬で、またこちらに向かって動き出した。


——そういえば狄で斉の復活を宣言した日、あの日も雨で光はなかった。

——栄や、横には光が差すだろうか。

「おおおぉぉ！」

——願わくは今後の斉に光を。

そんなとりとめのないことを想う。

田儋は足を引き摺りながら、朱い光の中へ突っ込んでいった。


田横と俺が斉王達を追いかけ、十日ほどが経つ。

臨淄で一日休んだとはいえ、そこからまた急行軍である。

兵達は疲労もあるだろうが王のためと不服も言わず黙々と進む。

それだけ田儋が慕われているということだ。

現在、東阿の城邑を過ぎ、濮陽まであと少しというところ。

斥候の一人が慌てた様子で駆け戻ってきた。

「前方から軍がこちらに向かっております！　旗や兵装から我が軍です！」

「まさか……」

俺の呟きに、田横の表情が厳しくなる。

しかし何も言わず、前方に見えてきた軍勢を眺めていた。

「兄上！」

「横、来てくれたのか……」

合流した俺達は田栄と再会した。

田栄はろくに休んでいないのか、やつれ、疲れきった様子で俺達を迎えた。

土にまみれ、いつもの紳士然とした涼やかな佇まいは見る影もない。

「兄上、なにがあった？　従兄は……斉王は何処に？」

田横はその姿に兄を気遣いながらも斉王田儋の行方を問う。

「すまぬ、横よ。秦軍の追撃が迫っている。今は急ぎ東阿まで退く。詳しくは道中で話します」

田栄は落ち窪んだ目に暗い光を宿しながら、田横に応える。

「……わかった」

田栄の様子と言葉に大方を察した田横はそれ以上何も聞かず、軍に反転を命じた。

……間に合わなかったのか。

俺は……俺の知識はまた役に立たなかった……。

もっと早く気付いていれば……。

これは歴史が変わった結果なのか？　それとも歴史は変わっていないのか？


それすら。

曖昧な知識の俺には、それすらもわからない……。

「中、行こう」

「……はい」

佇んでいた俺は田横の声に促され、重い足どりで歩き出した。

東阿までの道中、田栄はただ無言でその唇を噛み締めていた。


東阿に着いた俺達は城へ入り、田栄を中心に一室へ集まる。

田栄、田横、高陵君、華無傷、そして俺。

田栄は一度俺達を見回し、言い淀みながら語り始めた。

「斉王は……章邯に討たれました」

……覚悟はしていたが、田栄が発した言葉に俺は地に足が着いていない感覚に襲われた。

膝から力が抜けて倒れそうになるのをこらえ、田栄が語る言葉に耳を傾ける。

「深夜、斉王が陣を置いていた丘が囲まれ、奇襲を受けました。同時に前方からも襲撃を受け挟撃されました」

俺は隣が気になり、様子を窺う。

「私は周市の救援は諦め、王の下へ向かい……丘の麓付近で、倒れた王の馬車と斬られた御者の遺体が」

田横は背筋を伸ばし、田栄の言葉を聞き逃すまいと厳しい表情で耳を傾けているように見える。

「王の御遺体を探したかったのですが、我が軍も挟撃される恐れがあり、敵陣を駆け抜けました。章邯も目的を達したか、ひとまず軍を合流させるつもりだったのか。軽くいなされ、通されました」

「御遺体が見つかっていないのであれば、御生存の可能性は……」

俺の僅(わず)かな希望に田栄は静かに首を振る。

「状況からその可能性は絶望的です。秦軍に回収されたと見るべきでしょう」

「……」

「……」

言葉を失い、静寂に包まれる。

おおらかで、義に溢れた大きなあの男がもうこの世にいない。

その悲しみが、皆に重くのし掛かった。

「うっ、うっ……王が……」

静寂に華無傷の嗚咽(おえつ)が響く。

そんな中、田横は険しくつり上がった眉を下げ、柔らかな眼差しで田栄の手を取った。

「兄上。兄上の無事がせめてもの救いだ。兄上がおれば、王の遺したこの斉は倒れぬ」

田横の穏やかな声とその大きな掌の温かさに触れ、田栄の堪えていたものが溢れ出した。

「横……私は……王を……従兄を守れず……」

頬を伝う涙もそのままに田栄は言葉に詰まる。

「……俺達の兄であり父であった従兄は、斉再興の父でもある。父が起てたこの国を守ることが従兄への恩を返すことになるだろう」

田栄は涙の中、頷く。

それに頷き返した田横は振り返り、

「ここで秦軍を食い止めたい。中、華無傷、籠城の準備を頼む。軍議をすぐにでも開きたいが、兄上、高陵君はもちろん、我らも疲労がある。一刻ほど後にまた集まってくれ」

そこまで言って少し俯き、

「……すまぬが暫く兄上と二人にしてくれ。一刻後には、整える」

見ているこちらが辛くなる、そんな苦笑を顔に浮かべた。

部屋から去る俺達の背中に、悲しい獣の咆哮のような泣き声が響き渡った。

籠城戦のために物資を倉庫へ運び込む。その確認をしながら、俺は田儋を想う。

田横からいきなり紹介された怪しい俺を労り、田家として迎えてくれた。

その後も接点は少ないものの、俺が不足はあっても不自由なく暮らせていたのは一族の長であった田儋に因るところが大きかったのだと思う。

何も恩を返せず、俺は……。

「中殿」

華無傷から声を掛けられ、我に返った。

「そろそろ軍議の時間です。ここは部下に任せて行きましょう」

もうそんな時間か。

俺は確認作業の引き継ぎを済ませ、華無傷の後を追った。

部屋に戻ると高陵君は既に来ており、田栄と田横と話し合いを始めていた。

俺達に気付いた田横が議論を中断し、こちらに向けて話し掛ける。

「遅いぞ。すでに始まっている」

いつもと変わらぬ様子に見えるが、その目は赤く、声も少し嗄れていた。

……田横は俺なんかよりよっぽど辛いはずだ。

後悔や悲しみに暮れるのは後だよな。

田儋のためにも、やるべきことをやらなきゃな……。

「ここで籠城することは決定だ。五万が相手なら一年でも耐えられる。臨淄の蒙恬殿へも援軍を要請する」

田横がこれまでの話を掻い摘んで説明してくれる。

「他の国から魏への援軍は来なかったのですか？」

議論に加わる前に俺は気になっていたことを問う。

「項梁の軍が一万ほど駆けつけたようでしたが、間に合わず合流は敵いませんでした。今は章邯を遠巻きに見張っているような状況です」

田栄が応える。

項梁の楚は援軍を出してくれていたのか。魏の使者は景駒の没落を知り、項梁の方へ嘆願したのだろう。機転のきく優秀な使者だ。

しかし一万か。項梁は本気で魏を救うつもりはなかったのか？　それともまずは章邯の力を測るためか。

どちらにせよ一万では数が違い過ぎて手も出せんだろう。

「その友軍からの連絡では、章邯は一度臨済に戻ったようです」

臨済を落としてから、本腰をいれてこちらに掛かろうということか。

「救援なき籠城では兵の士気に関わりましょう。臨淄の蒙恬殿へ援軍を頼むとしても、臨済の軍まで加われば数で圧倒されかねませぬ」

高陵君が懸念を示す。

となると、

「やはり現状最も兵を集めており、意気も盛んな項梁からもっと援軍を引き出すしかないと思います」

俺が提案する。兵の精強さもこの目で見たしな。項羽が来てくれるなら章邯に対抗できると思う。

「……楚とは昔の確執がありますが、今は他に頼る勢力もありません。応じてくれるかは不明ですが」

そうだよなぁ、一番の問題は援軍の要請に応えてくれるかどうかだ。

田栄は田横に向かい、語る。

「項梁への使者は横、あなたに頼みたい」

田横は兄のその頼みに首を振った。

「兄上、俺はここに残り指揮を執る。兄上が行った方がよい」

田栄も弟の提案に首を振る。

「南へ行ったばかりでその情勢をよく知る横であれば、項梁軍の大まかな位置もわかるでしょう」

「帰ってきたばかりで、また行けというのはちと酷であろう。俺とて斉を守りたいのだ。項梁の位置は道々に聞こえてこよう」

田栄と田横は口論をしているように聞こえるが、兄弟を危険な籠城から離したいと互いを思いやっている。

この兄弟は……。いや、田儋もそうだったよな。

それが狄の田三兄弟だ。

ここは俺が行くべきか……？

しかし田姓とはいえ、どこの田氏か定かでないような俺じゃ項梁に軽く見られるか？

そもそも本当は田氏じゃないしな。

あ、いや、あいつから手繰って行けばいけるか？

しかし……田横が行かず、俺だけってのもなぁ。

籠城から逃げるみたいだしなぁ。

籠城は生きるか死ぬかってなるだろうし、蒙琳さんと結婚する前に死にたくない。

死にたくはないけど、田横達とここで離れて何かあったら絶対後悔するだろう。

うーん……。

俺が使者に名乗り出るか悩んでいると、

「この度の使者、私めにお任せいただきたい」

高陵君が口を開き、珍しく自薦してきた。

「宰相殿は国を離れる訳にはいかず、田横殿の将としての働きもこの籠城には必要不可欠。田中殿も弁舌卓抜なれど、今回は私めに」

そう言い、ちらりとこちらを見る。

「私とてかつての斉王の血胤。使者に不足はありますまい」

なるほど。田は田でもどこの田氏かわからんとされている俺と違い、正統な田一族だ。

高陵君なら気品もあるし、弁も立つ。

項梁が古い血族主義の楚人であっても、無下にはされないだろう。

「ううむ……高陵君であれば交渉は不足ないか……」

田栄は、高陵君のいつもらしからぬ熱意に圧されたのか肯定的な言葉を口にした。

「うむ。ならば項梁への使者は高陵君に任せ、我ら兄弟、共に戦うことにしましょうぞ」

田横も仕方ないという表情でため息を吐き、どこか嬉しそうに語った。

「お任せ下さい。此度の交渉、斉王の亡魂の加護がございましょう。必ずや援軍を率いて戻って参ります」

高陵君は恭しく頭を下げた。

項梁への使者は高陵君に決まったが、田栄の表情が今一晴れない。

「兄上？」

「高陵君の弁才は信用していますが、何か少しでも足掛かりがあれば……と。ましてや楚人ですからね」

高陵君はその整った眉を寄せる。

「残念ながら項梁に伝(つて)はございません。真摯誠実に訴えるのみでございます」

あ、そうだよ。

あれを高陵君に伝えないと。あいつのこと。

「伝と言うほどではありませんが……」

俺の言葉に三人が一斉にこちらを見る。

「中、お主いつの間に」

田横が不思議そうに尋ねる。

いやいや、あんたの創った伝だよ。

「留(りゅう)で項梁の甥(おい)、項羽と横殿が揉めまして。貸しがあります。その項羽から手繰ってみてはいかがでしょうか」

俺は田横と項羽の腕相撲の経緯を説明する。

それを聞きながら、田横は困ったような顔をしていた。

あ、揉めたのあんまり言われたくなかった？

「殴ったので援軍要請の説得を手伝えと？　しかも横が殴り返して貸し借りなしとなったのでは

ないのですか」

　田栄が尋ねる。

　まぁそれはそうだが、どんな小さなきっかけでも食らい付くのが営業のコツですよ。

「項羽という青年は根が純粋な武人です。殴り返されたとはいえ、気にしているかと。まぁ高陵君のやり方次第ですが、とっかかりにはなるかと」

　三人は話の持って行き方に悩んでいるのか、眉を寄せる。

「……仮に中ならどうする」

　田横、その聞きたそうな聞きたくなさそうな感じはなんだよ。

「そうですね……。殴り返されて終わったと言われたら、それは殴ったことに対しての貸し借り。腕相撲の勝負を反古（ほご）にしたことに対してはどうなのですか？　と」

　俺は一度ふっと息を吐き、田横を項羽に見立てて話し始めた。

「あの後、あなたは気絶して気持ちよく寝ながら運ばれていきましたが、賭けを有耶無耶（うやむや）にされた客を宥（なだ）めるのに酒家にあるだけの酒を振る舞いました。それについては何も思いませんか？と」

「いや、あれは賭けの銭で劉邦が……」

　それについては、項羽は知らんだろうし、

「横殿の無効でかまわんとの一声で振る舞われた酒です。横殿が振る舞ったも同然」

「お、おう、そうか……。そうか？」

田横は首を捻り一歩退がる。

俺はその一歩を詰める。

「思わず殴ってしまったのは武人として負けまいとした気持ちの強さ。これはある意味見事。武人としてはそう在るべきかも知れません。ならばその後の処理も武人として、人の上に立つ身としても、矜持を見せて頂きたい」

「矜持と言っても……」

田横の歯切れの悪い返答に畳み掛ける。

「とはいえここで酒代を返されても困ります。つきましては、私が何故ここに来たのかと申しますと、かくかくしかじか。……どうか項梁様に一言お力添えの程を。とかなんとか援軍の話に繋げていくと」

「なるほど！」

華無傷は無邪気に手を打つ。

「…………酷い」

田栄の疲れた顔はさらに疲れたように。

「うむ……。いつの間にか論点がすり替えられた気が……しかし、なぜか負い目を感じてしまった」

言葉を向けられた田横は苦い顔で胸を押さえている。

「しかし、それならば横が直接行った方が良いのでは」

立ち直った田栄が当然の疑問を呈す。

「いえ、横殿と項羽は張り合う対象になっていると思われます。横殿との問答となれば恐らく項羽は意地でも謝らず、また喧嘩となるでしょう。第三者の、落ち着いた高陵君のような方が間に入るのが効果的かと」

俺の予想に田横が顎を擦りながら呟く。

「……なるほど。確かに会えば喧嘩腰になるやも知れん。どうもあやつとは相性が悪い」

んー……悪いというか、似たところがあるからのように思うが。

まぁ田横が気を悪くしそうだから言わずにおこう。

「……わかりました。その項羽という男には気の毒なようだが、今は一兵でも援けが欲しい。高陵君、アレを真似せよとは言いませんが、中の悪知恵を念頭に交渉を頼みます」

悪知恵……まぁ、いちゃもんみたいなもんだな。

しかし使えるものは使い、どんな手を使ってでもここで秦軍を食い止めたい。

「とても真似はできませぬが……。参考……にはなりました」

高陵君も納得したのか、していないのか狐に抓まれたような様子で応える。

高陵君には高陵君のやり方があるだろう。俺の営業術も選択肢の一つとしてくれたらと思う。

今項梁がどこにいるのかわからないが、往復で最低でも数ヶ月はかかるだろう。

それまでこの東阿が持ちこたえられるかどうか、か……。


苦しい籠城が始まる。

俺も倉庫で備品を数えてるだけではないだろう。

……戦わなきゃいけない時が来る。

それでも。

俺は死にたくない。蒙琳さんが待ってる。彼女と現代日本へ、という微(かす)かな望みもある。

そしてこの人達が。

もう、親しい人達が死ぬのは。

田栄達が高陵君と使者の話を詰める中、俺は一人身震いをした。


「もう一つ。嗣王(しおう)の件ですが」

田栄が話題を変え、先程とはまた違う緊張感に包まれた。

「次代の王は先王の長子、市様とします。……横もよいな」

何か言い含めるように田栄は田横に確認をした。

華無傷や高陵君の表情も硬い。

田市が王か。

彼が国の一番上に立つ者として相応しいかと、皆思うところがあるようだ。

田栄が有無を言わさぬような物言いになるのもわかる気がするが……。

「もちろんだ、兄上。市様は太子。何の異存もない。確かに市様には未だ足りぬ所があるが、ああ見えて先代に同じく情の厚い男。時が来れば名君へと成長してくれよう。それまで我らが支えればよい」

田横は真っ直ぐ田栄の目を見て応える。

その返答に田栄の顔に安堵の色が見え、少し弛む。

長子継承は王国の基本だ。

それを曲げて国家が滅亡の憂き目に遭った歴史は数えきれない。

田横から以前聞いた趙の武霊王、晋の重耳や申生の父献公。

そして今、秦が末子であった胡亥を皇帝としてこの反乱が起こった。

田市の情が厚いところを俺は知らないが、人を見る目がある田横がそう言い、田栄、田横の優秀な兄弟が導けば名君とは言わないまでも暗君にはならないんじゃないだろうか。

しかし、やはりここで田栄が王になる訳ではないのか。

歴史が変わっている可能性もあるが、田栄の元々の性格からして田儋の子を差し置いて王になることは考え難いな。

ということは田市の身にも何かが起こるのか？


先が見えそうで見えない不安を抱えたまま、俺は軍議を終えた。

そして高陵君が旅立ち、秦軍が東阿に押し寄せ、籠城戦が始まる頃。

魏の臨済が落ちたと報が届いた。

援軍が絶たれ、降伏を勧告する章邯に、魏王咎は臨済の民に手を出さないことを条件に身柄を差し出すと申し出た。

その条件を受け入れ、章邯が臨済の宮殿へ赴くとそこで待っていたのは、自らを縄で縛り、薪の山の上に座った魏王咎であった。

「章邯殿、我が命に代えて民に対する誓約、決して違えぬよう」

薪の上からの凜とした声に、章邯は眩しそうに見上げ、

「……承った」

そう短く応えた。

その返答に頷いた魏王の座る薪の山に火がかけられた。

背筋を伸ばして座っていた魏王咎は、やがて炎の中で揺れ落ちた。

「……」

立ち上る火柱の熱に顔を背け、章邯は無言でその場を去った。

章邯は誓約通り、臨済での兵による略奪を厳しく取り締まるよう厳命した。

「魏王は命と引き替えに民を守った。徳王（とくおう）と後世に称えられるでしょう」

田栄は思うところがあるのか感嘆の声でそう漏らした。


「戦うだけが民を守る方法ではないと教えられた気がする」

田横も数日後、城壁の上で空を見上げ俺に語った。

「しかし、抗（あらが）うべきことは抗う。戦わねばならぬ時は戦う。それをしてこそ命に価値がある。命を差し出すのはこの命を賭け、生き残った後だ」

そして視線を空から戻し、遠方に立ち上る砂煙を睨み付けた。

斉の命運を賭けた籠城戦が始まる。

飛んで来る矢を防ぐために張られた幔幕（まんまく）【※7】が城壁の上に風に棚引く。

その間を縫うように俺と田横は歩く。

眼下には遠く離れた場所から砂煙が上がっている。そこに秦軍の陣がある。


【※7】幔幕（まんまく）。式典や軍陣で装飾と遮蔽を兼ねて張り巡らす幕。ここでは弓矢を防ぐために張られた。

「およそ十万といったところか」

田横は黒い帯のように拡がるその軍様を横目に呟く。

「攻城兵器もちらほら見えるな」

それらを運ぶため、秦軍の到着が遅かったのだろう。

それに章邯は魏国内の掌握のためか、未だ臨済を離れていないという。

田横に攻城兵器について聞いてみた。

城壁に梯子（はしご）を掛ける雲梯（うんてい）や投石器。城門を破壊する巨大な槌（つい）の付いた車もあるらしい。

俺の現代知識で何か防衛に役に立つ物が作れるかと考えたが、鉄砲などの火器が発明される以前に使われていたであろう兵器は既にあるように思う。

正直、紀元前を舐（な）めてた。

俺の知識が浅いというのもあるが、古代中国の発達度合は凄（すご）い。

まだ無さそうな火炎瓶を思い付いたが、詳しく知らないし魚油や獣油じゃ火が付かず燃え広がらないだろう。

油の精製のやり方なんか知らん。

異世界転生やタイムスリップに備えて知識を蓄えておくべきだったとつくづく思う……思うか！

まぁそんな馬鹿な冗談はさておき。戦いの素人が変に意見するより、今ある物でこの城を守る方がいいだろう。

しかし……大丈夫なのか？　この城。

俺の不安そうな表情に気が付いたのか、

「あれらがあれば城が容易く落ちるという訳でもない。守る術はある。この幕も、そして牆【※8】もその一つだ」

そう言って田横は、城門の前に盛られた石と土で出来た垣根を指す。

他にも城壁が崩れた時に使うのか土嚢や石が多く備えられた。

「墨家という変わった集団がいてな」

墨子を祖とする諸子百家の一つで、思想集団にも拘わらず守城を得意として戦国時代、各地の守城戦で活躍したらしい。

「彼らは非攻を掲げ、攻め込むことを否定したが守ることに武力を使うことは否定しなかった。土木や冶金に優れ、攻城兵器の構造、守城兵器の開発などを世に知らしめ、その守城術は未だ語り継がれるほどのものだ」

しかし墨家の基本理念『兼愛交利』【※9】は博愛、公平を説き、この時代の為政者には都合が悪かった。

秦統一後、弾圧され衰退。今や技術だけが残り、その教えを守る者はいなくなったらしい。

「墨子は楚から攻められた宋の城を九度に渡って守ったらしい。俺も墨子に倣い、幾度攻められ

【※8】牆。土や石でできた垣根、壁。

【※9】兼愛交利。全ての人を平等公平に隔たりなく愛すべきであり、その結果互いに利を得ることになるという博愛主義的思想。墨子は儒家の仁（家族愛、年長者への敬意）を批判した。

ようとこの城を守りたい」

そうだな。

ここで秦軍を食い止める。

臨淄にも増援の要請をしている。

高陵君がうまく説得してくれれば項梁からも援軍が来るだろう。

そうなれば城を囲うどころではなくなるはず。

絶望的な籠城ではない。希望はある。

「俺も、やれることはやりますよ……！」

俺は気合いに立ち止まり、田横に言う。

田横はいつもの人を安心させる笑顔で応える。

「もちろんだ。お主には怪我人の治療や武器の補充、備蓄の管理などやってもらいたいことが多くある。まぁ人が足りなくなったら防衛も頼もう。大して期待はしておらんがな」

……そうだな。

それぞれできることがある、か。俺は先ず戦うより後方支援だな。

気負って硬くなっていた肩の力を抜き、応える。

「自分の貧弱さはわかってますけど、言葉にしなくてもいいでしょう」

俺と田横は笑い合いながら城壁から下りて、城へと向かった。

「田横様、田中様！」

城へたどり着くと、兵が慌てて駆け寄ってきた。俺達を捜していたようだ。

どうやら包囲する秦軍から使者が訪れたらしい。

謁見の間に急ぎ、そこで待っていた田栄と使者を迎える。

「降伏の勧告か」

田栄の問いに使者は頭を下げた。

「既に首領田儋は倒れました。亡き田儋の両腕である従兄弟田栄、田横の命を以て、それに従った領民の安息を約束いたします」

この場での使者の冷静な語り口が、逆に反抗心を掻き立てる。

一方的な、交渉とも呼べない物言いだ。ましてや二人の命など。

それで『はい、わかりました』と言うはずがないだろう。

田横も同じ心なのか、静かではあるが張りのある声で返答する。

「悪いがこの命、今は差し出せん。王の仇章邯の首、そして咸陽に巣食う毒蛇を討つまではな」

諸悪の根源、宦官趙高。

そう、あいつを討たないと終わらない。

いや、あいつを討たないと始まらないのか。

ここで諦めるわけにはいかない。

使者は気を悪くしたようで勧告が脅迫に変わる。

「この東阿の落城は必至ですぞ」

今この城には田栄の二万、俺達が率いてきた五千、それと田儋軍の敗残兵が五千程、元々の守備兵を合わせても三万強。兵力差は歴然だ。

それでも田栄も強気で返す。

「孫子曰く、十なれば即ちこれを囲めとあるが、十万では足りておらぬ。もっと揃えてから勧告に来られよ【※10】」

「くっ、章邯将軍が戻ってくれれば、たちまち……」

使者は歯嚙みをし、捨て台詞を置いて去っていった。

「ああは言って追い返したが、援軍が確実に来るかもわからぬこの籠城。果たして希望はあるのか……」

使者の去った後、田栄は先程の強気とは裏腹に、胸の奥にしまっていたものを思わず吐露する。

実際に秦軍に当たった田栄には、不安の芽が植え付けられたようだ。

田栄はこの場の頭領。いや、この場だけでなく実質的な斉の頭となる。

弱気が皆に伝染すれば士気に関わる。


【※10】十なれば即ちこれを～。兵法書「孫子」の一節。敵の十倍の兵力があれば敵を包囲する、という意。孫子は城攻めを下策とし、十倍の兵が必要だと説いた。

俺は田栄の弱気を祓うようにパンッと手を打ち、話し始める。

「章邯不在の秦軍にこの斉の精鋭達が負ける訳がありません。章邯が率いる以前の秦軍は、農民、流民の陳勝軍に負け続け、難攻不落と謳われた函谷関まで奪われたではありませんか」

いつもの調子を心がけ、続ける。

「章邯とて奇襲を用いて王を襲った。まともにやり合えば勝てぬと思ったのでしょう。奇襲、奇策に備え、諦めなければ必ず高陵君殿が援軍を率いて戻って来ます」

「うむ、曇天に覆われた空もいつかは晴れる。兄上、今は耐える時だ。必ず希望の光が差す」

田横も俺の言に乗り、田栄を励ます。

俯く田栄はグッと拳に力を込め、

「……そうですね。私は敗戦を引きずり考えすぎのようです。横、中、私がまた弱気になるようなら今のように再び諌めて下さい」

そう言って前を向く田栄に、俺と田横は笑顔で頷き返した。

今日も朝早くから太鼓が鳴り響き、雲霞の如く秦軍が押し寄せる。

弩から放たれた矢が交錯する中、数台の雲梯や幾多の梯子が掛けられ、城壁を登ろうとする秦兵に煮えた油や石、網等を投げて追い落とす。

投石から射たれた人の頭程の大きさの石が壁を揺らす。

幸いにもまだ崩れるような被害はない。

簡易な屋根と車輪の付けられた破城槌(はじょうつい)がゆっくりと動きだし、徐々に速度を上げながら城門に迫る。

「破城槌を狙え！　あれを城門に近づけるな！」

城壁の上、田横の大きな声が響く。

田横は弩兵への指示と共に自身も弓を引き絞り、大きな丸太の破城槌を押す秦兵に向かって矢を放つ。

その飛来した矢に一人の秦兵が倒れた直後、破城槌に矢が降り注ぐ。

粗末な屋根をすり抜け次々に秦兵は倒れる。

そして方向性を失った破城槌は、城門前に盛られた牆(しょう)に激突して横転した。

城壁の上から歓声が上がった。

「よくやった！　しかし油断するなよ！　まだまだ来るぞ！」

流れる汗を拭おうともせず、田横は弓を射ち続けながら兵を励ます。

「おう！」

という埃まみれの兵達の気合いに満ちた返答が、城壁の上で木霊した。

「矢が足りん！　補充を！」

「ここに！」

そんな中、飛んでくる矢にビビって背中を丸めながら走り、矢筒を渡す俺。

その後も俺は城壁をこそこそ駆け回り、補充するべき物を確認して回る。

この時が一番怖い。


籠城戦が始まって、何日経ったのだろうか。

使者が訪れた翌日から秦軍の城攻めは始まった。

繰り返される攻撃を防ぐために駆け回る日々に日にちの感覚が鈍くなってきた。

それでも田横を先頭に兵達は士気を保ち、この東阿の城を堅守している。

幸いなことにまだ俺が守戦に参加するような状況にはなっていない。

武器の補充やその確認のために城壁に登ることはあるが、前線に立つ田横や兵達に比べれば安全な仕事をさせてもらっている。

一度城壁に登った時、置いている石を拾って外に向かって投げてみた。

威嚇のためと思わず投げたが、誰かに当たったかと思うと冷や汗が出た。

当たりどころ悪かったら死んじゃうかな……。いやでも敵だしな……。

……都合良く怪我で退避とか、そのくらいでお願いしたい。

「誰にも当たってないぞ」

俺の投石を見ていた田横が弓を引きながら教えてくれた。

正直、がっかりするよりホッとした。

「しかし投げる動作が随分と滑らかではないか」

上司にたまに早朝草野球に無理矢理連れていかれてたからな。

物を投げるという動作は洗練されてるかもな。

十個も投げれば肩が痛くなるだろうけど。

投石係なら役に立てるか、と思ったがよく考えたら石を投げる兵は布と紐で作られた投石紐【※11】、所謂スリングを使って投げていた。

直接投げるより遥かに飛ぶし、肩も壊さない。

何より敵に当たるように投げる。

俺みたいに当たったらどうしようなんて考えている時点で駄目だろう。

……つくづく戦闘では役に立たないなぁ、俺。

「無理はするな。嫌でも城壁に立ってもらう時が来るかもしれん。その時は覚悟を決めて何でもしてもらうからな。まぁ、今のところは大丈夫だ」

田横はそう言って笑う。


【※11】投石紐、スリング。基本的に石を包む布の両端に紐が付けられた投石道具。両端の紐を持って回転させ片方の紐を離して石を飛ばす。

そう、今のところは、油断できないがそこまで切羽詰まってはいない。

十分に耐えられている。

臨淄からの援軍も、こちらに向かっているだろう。

そうなればかなり余裕ができるように思われる。

もうすぐ来るかな。

そして高陵君が項梁からの援軍を引き出せれば……。

弱々しかった希望の光が、今ははっきりと見えている気がした。

大丈夫、皆でここから帰るんだ。

しかしその希望の光に影を落とす、更なる苦難が俺達を待ち受けていた。


日が落ち、城壁に群がっていた秦の兵達が引きあげていく。

今日も東阿の城を守りきった。

変わらぬ籠城の日々への嫌気と、明日にはもしかしたら城壁が崩されるかもという不安。

そしてもうすぐ援軍が来るかという期待。

そんな思いを胸に秘め、夜襲に備えた兵を残して田横や華無傷と城へ戻る。

日課として短い軍議がある。俺は田栄の待つ広間に向かう。

そこにはいつもと違い、田栄と共に外との連絡役の伝令が待っていた。

秦軍に囲まれ、外部から遮断されたように思われるこの東阿の城だが、臨淄の城と同じくその対抗策として城の水路に隠された通路があり、少し離れた外の河に繋がっている。

田栄がこの東阿で籠城を選んだ理由の一つは、この隠し通路の存在を知ったからのようだ。

敵に見つかる可能性もあるので頻繁には使えないが、ここから外との連絡を取っている。

その田栄だが、厳しい表情を見るに援軍が来たって訳じゃなさそうだ。

外からもたらされた情報は俺達が臨淄を出発する時、田広に警戒した危難だった。


「臨淄より伝令が届きました。臨淄が田安(でんあん)、田都(でんと)達に襲撃されました」

その凶報に俺の肌が粟立(あわだ)つ。

「こんな時に……我らの留守を絶好の機と見たか」

「太子は!? 皆は無事なのですか!?」

やはり狙っていたのか……。

次から次へと……。なんでこんな不幸が重なるんだ!?

蒙琳(もうりん)さんは!?

詰め寄る俺達に情報を携えてきた兵は慌てて首を振り、

「臨淄は無事です！　蒙恬(もうてん)様を中心に守りきり、邑内の内通者共々追い返したそうです！」

その言葉に一同は一斉に胸を撫で下ろす。

報告に拠(よ)れば臨淄に潜む田一族の内通者と共謀し、内と外から臨淄を攻めたらしい。

一族の内通者は田角(でんかく)、田間(でんかん)という兄弟。

この兄弟達の一党は従順に従う振りをして、田安達と秘(ひそ)かに連携していたらしい。

しかし、蒙琳さん誘拐から邑内の警戒を強めていた蒙恬は逸速(いちはや)く内乱を鎮め、外からきた田都の軍に対して北方異民族相手に培った守戦で臨淄を守り通した。

さすが蒙恬だ。

怪我の治療で臨淄に残ってくれていて良かった。これぞ怪我の功名ってやつか。

「斉王の戦死を知り、人心が不安に揺らぐ隙を突こうとしたのでしょう」

田儋の死は既に広まっているようで、実際に扇動された民も少なからずいたようだ。

兵は申し訳なさそうに報告を続ける。

「反乱を鎮めたとはいえ被害は小さくなく、また未だ敵が近くに潜んでいる可能性もあり、こちらへの増援は……」

徐々に小さくなる声に田横が応える。

「それは仕方あるまい。むしろこちらが急ぎ兵を戻さねばならぬが、現状そうもいかん。蒙恬殿達はよくやってくれた」

「臨淄が落ちれば我らの帰るところを失う。引き続き田安達を警戒し、田市様と臨淄を守るよう伝えて下さい」

田栄も頷き、兵に伝令を伝える。

「その田市様なのですが……」

伝令は更に、言いづらそうに田市の様子を語る。

「お父上の斉王の崩御を耳にしたところに、一部領民の裏切りと田安達の襲撃。此度のことでかなり憔悴(しょうすい)しておられます」

無理もないか。父親がなくなった上に、その父を慕っていたと思っていた民達が一部とはいえあっさり寝返ったんだ。

「田広様がお側(そば)で励まされてはおりますが、落ち着かれるには……時が掛かりそうです」

田栄は顎に手を当て少し考え、田市が正式に次期斉王となることを伝えるよう命じ、

「我らが臨淄に戻れぬ以上、田市様は息子に任せるよりありません。……むしろ田広が適任かもしれない。田広に『太子を頼んだ』と伝えて下さい」

一番近い仲であろう田広が側にいる。それだけでも救いになるだろう。

後は田市自身が王の自覚を持ち、目覚めてくれればと期待してってところか。

逆に追い込まれなければいいが……。

「はっ」

伝令は短く返答し、足早に去っていった。

これからまた隠し通路を使って臨淄へ向かうのだろう。

「臨淄も油断できぬ状態。こちらに増援ができぬとなると、いよいよ高陵君に期待するしかありません」

田栄の言うとおり、項梁からの援軍頼みになってしまった。彼が要請に応じてくれるか、全く読めないだけに不安が募る。

しかしそんな沈んだ場に田横の活気ある声が響く。

「援軍が来ようが来まいが我らのやることは変わらぬさ。奴らが諦めるまでこの城を守る」

……そうだな、今さらジタバタしてもしょうがない。

打つべき手は打ったんだ。後は寝て……は待てないが、戦って……俺は戦ってもないが、とにかく待とう。

項羽、頼むから来てくれよ……。

魏が章邯に攻められ、周巿(しゅうふつ)が援軍の要請に奔走していた頃。

楚王を僭称(せんしょう)した景駒(けいく)とそれを擁立した秦嘉(しんか)を討ち、その兵を吸収して一層大きくなった項梁は慎重に事を進めていた。

留から更に北、胡陵まで進んだが、章邯の強さを試すため景駒配下であった降将、余樊君と朱雞石を向かわせた。

そして甥の項羽にはその他の秦軍の相手と兵糧の確保。また陳勝のいた陳の辺りがどうなっているのかを確かめるため、西に向かうよう命じた。

程なく章邯軍にあたった余樊君は戦死し、朱雞石が胡陵に逃げ帰ってきたのを見た項梁は警戒を強め、更に兵を集めるため胡陵から東の薛の地に引き返すことにした。

薛で諸勢力と会合を開くと広く喧伝、移動する項梁の下に得難い知嚢の持ち主が馳せ参じた。

その名を范増という。

歳は七十ながら矍鑠とした老人で、誰であろうと遠慮のないその物言いは研がれた刃のように鋭い。

項梁に面会するや開口一番、

「何をまごまごと迷っておられるか！　貴方が先ずやらねばならぬことは一つ。楚王の末裔を探し出し擁立すること。それが怨敵、秦を打ち砕く最善、最速の道である」

そして范増は強い声で楚人なら必ず知っている詩を諳んじた。

『楚は三戸と雖も秦を亡すものは必ず楚ならん』

老人とは思えぬ大きく張りのある声で語った范増は、

「陳勝の失策は楚人でありながら楚王の後裔を立てず、自ら王を名乗ったことであった。代々続く楚の将家である貴方が正統な王を立てれば、楚の遺民はこぞって駆け付け、やがて秦に倍する兵が集まりましょう」

そして景駒に関しては、ただの小狡い狗盗に過ぎぬと断じた。

項梁はその忌憚のない言葉に内心苦笑いをしながらも、誰にも言えずにいた問題に答えを出され、背中を押されたことで信用した。

そして現在の情勢をよく知り、兵理にも明るいこの老人を側に置いた。


項梁は范増の説諭を受け入れ、楚王の子孫を探した。

捜索から程なく、雇われで羊の世話をしていた最後の楚王、懐王の孫、心を探し出し、これを丁重に迎えた。

范増の予言通り、この話を聞きつけた亡楚の遺臣が項梁の下に訪れた。

そのうちの一人、宋義は楚の将家、項家より格の高い代々令尹を務めた宋家の者であった。

一族を引き連れて現れた宋義に、旧楚の貴族達はこぞって頭を垂れた。

項梁は格の高い者が現れたことにやりづらさを感じたが、追い返す訳にもいかない。

何より宋義は流石に名家の出身らしく、旧楚の法、官制、政に詳しく、軍事にも暗くない。

このような人物は貴重である。

合流するやいなや心の前に跪き、その後傍らを離れない宋義を項梁は黙して受け入れた。


薛に到着した項梁は、続々と集まる諸将の前に心を立たせ、

「秦によって滅ぼされた楚は真には滅んでいなかった。ここに楚の王孫が御座し、そして楚の遺臣が集結している。今、楚は再び立ち上がり、旧怨を晴らすべく秦を滅ぼす」

そう宣言し、楚の復活と心の楚王即位を天下に知らしめた。

そして宋義や范増と協議し、心はかつての楚を引き継ぐ意味を込め、祖父と同じく懐王を名乗り、新たな楚の首都は薛ではなく、東海郡の盱眙とした。

首都が決まれば次は官職である。

項梁は范増と謀る。

「宋義は令尹になるためにここに来たのでしょう。そしてその取り巻きもそれを疑っておらぬ。ここで梯子を外して要らぬ諍いを起こすくらいなら令尹の座を差し上げなされ」

范増は、楚において王に次ぐ地位である令尹を小銭のように宋義に与えよと言う。

その言葉に項梁は冷笑し、頷いた。

令尹は楚の政治における最高位。平時であれば大きな影響力を持つ官職であるが混迷の中、軍権を項梁が握っている現状、令尹の力は軽い。

更に二人は項梁が偽物の楚である張楚から授かった称号、上柱国は人望ある陳嬰に任命することにした。

そして自身は官位や役職から独立し、且つ大きな影響力を持つため侯という立場を選び、『武信君』と称して楚軍の軍権を握る総帥となった。

その後も二人は様々な人物を様々な官職に選定し、楚を国とする体制を整えていった。

「この劉邦という男は？」

その膨大な選定作業の中、項梁は一人の男の名を見付けた。

「ああ、この男は沛公と呼ばれておる者です」

范増はその確かな記憶力で、数日前にやって来た男の情報を項梁に教える。

寧君の助けで景駒から兵を引き出した劉邦は、裏切り者で故郷の豊邑を占拠する雍歯を攻めた。

「くそっ！　借りた兵の質が悪すぎる」

しかし、景駒の弱兵では豊邑の低い城壁すら抜けない。

自前の兵でも無理だったではないですか。という言葉を呑み込み、蕭何は劉邦に告げる。

「沛公、日を追うごとに逃亡する者は増え、兵糧も心許ありません。このままでは豊邑を落とすどころではなくなりますぞ」

「……くっ、覚えていろ！」

捨て台詞を吐いた劉邦はまた故郷を後にし、兵糧と兵を集めるためその近場の制圧に乗り出した。

時に秦軍に追いかけられ、時に土地の小勢力と共闘しながら漸く豊邑の南にある碭の邑を占領し、更にその東の下邑も落とし、それなりに兵と兵糧を得た。

「これだけいれば……」

人と腹の膨れた劉邦軍は、今度こそと豊邑を攻めた。

しかし。

「なんなんだ、あの邑は！　それほど俺が嫌か!?」

それでも魏の援助もあり、雍歯を中心によくまとまった豊邑は落ちない。

劉邦は豊邑を囲む陣中で空に叫ぶ。

「働かず、大言を吐き、酒ばかり食らっていた若き日の沛公を見ていた豊邑の民は、沛公より雍歯に邑の未来を委ねているようですな」

「ここぞとばかりに……」

日頃の仕返しか、蕭何の嫌みな言葉に耳を塞ぐ。

「低い城壁とは言え、一つにまとまった邑を落とすというのは困難。孫子の教えは真理ですね」

続けて語る張良の涼やかな声に劉邦は喚く。

「喧しい！　その色っぽい口を開くなら嫌みでなく、何か策を出しやがれ！」

張良はニコリと微笑み、劉邦に応える。

「ならば質の良い兵を揃えましょう」

「何処で揃えるというのだ。これ以上の遠征は秦の大軍とぶつかる。そうなれば兵が増えるどころか減る可能性がある」

曹参の反論に張良は微笑みを崩さず、東を指差した。

「かつて孟嘗君が本拠を置いた薛にて項梁が諸将を集め、亡き楚の王族を立て真の楚を復興するようです」

「景駒を一蹴した項梁か。あいつらの名乗った楚とは正しさも強さも違うってことか」

張良は頷き、

「既にこの辺りで秦に対抗する最大勢力となっております。加えて正統な楚王を奉戴すれば、その数は更に膨れ上がるでしょう」

その言葉を聞き劉邦は顎鬚を擦り、思案を巡らせる。

「張良、お前は項梁の親族に知り合いがいると言っていたな」

「項梁の庶兄、項伯殿と縁がございます」

張良は微笑んだまま、ゆっくりと頭を下げる。

「景駒の時のように兵だけ引っこ抜くとはいくまい。しかし早いうちに勝ち馬に乗るのも一つの手か……」

「項梁の下に付こうと言うのですか」

これまでどうにか独立を守ってきた。曹参には、それに貢献してきた自負がある。

彼は感情を出さないように声を抑えたが、低く響いたその声には不満の色が見えた。

蕭何も曹参と同じ眼差しで劉邦を見つめる。

そんな曹参と蕭何に劉邦は頭を掻き、苦く笑いかけた。

「仕方あるまいよ、曹参、蕭何よ。俺ぁ、ちと自信を失くしたぜ……。これだけの兵とお前らみたいな有能で勇猛な手下が揃っていながら、故郷一つ取り返せねぇ」

「それはっ、我々の不甲斐なさで……」

曹参は否定しようとするが、劉邦は手で制す。

「このまま豊邑に執着しても埒があかんし、仮に取り戻したところで、これ以上時を掛ければ世間からは取り残される気がする」

劉邦は力なくそこまで語った。

しかしその眼がギラリと光り、言葉を続ける。

「かと言って雍歯を生かしてもおけん。……あと一度。あと一度だけ、配下になろうが項梁に兵を借りて豊邑を攻める。勝っても負けてもそれで仕舞いだ。その後のことはその後考える」

そう言い終わると、先ほどまでの苦笑いとは違う人を食ったような笑顔に変わった。

「何、楚の将軍って地位も悪くはあるまいさ。活躍すれば侯にでも列せられるかい？　カカッ」

そう笑う劉邦に蕭何はため息を吐き、

「故郷一つ落とせぬ人が、将軍だの諸侯だの。気楽なことですな」

「俺が侯ならお主は侯の宰相だな。邑の官吏からは大出世だ！　カッカッカ！」

こうして劉邦は諸将の揃う薛へと向かった。

薛へ着いた劉邦は先ず、上柱国となる陳嬰と面会することになった。

行動を共にする寧君が陳嬰と同郷の東陽出身ということで、その誼である。

「声望高い陳嬰殿を介しての方が項梁様の印象が良いかもしれません。私は私で項伯殿へ働きかけましょう」

張良は劉邦にそう語り、陳嬰との面会を勧めた。

劉邦と対面した陳嬰は、その尋常ならざる何かに惹き付けられた。

風貌は野暮ったく見えるが、雅味がある。

荒々しい大きな瞳にはどこか温かみがある。

そして何より付き従う部下は揃いも揃って英雄に見える。

陳嬰は、粗野な口調で人懐っこく話しかけてくる、自身とはかけ離れた劉邦にどこか憧れのようなものを感じた。

「項梁殿から兵を借りたい」

劉邦の願いを届けてやりたい。

劉邦のような配下が居れば、項梁にも益になる。

陳嬰はそう考え、項梁に引き合わせた。

「そうか、陳嬰が連れてきたあの男か」

項梁はその記憶から、独特の雰囲気を持った男を思い出した。

本人もその配下も大物然とした風貌は良い。しかし実力が伴っているのか定かではない。

官職を与えるには余りに未知。かといって無下にするには何か惜しい気がする。

項伯からも便宜を、と言われている。

どうも恩人が劉邦に付いているらしい。

「ふむ、項伯殿の顔を立てる意味でもこうしてはいかがか」

范増は、歩兵五千と五大夫（ごたいふ）十人の貸与とした。

歩兵五千というのは多くはない。

しかし、五大夫は下級ではあるが将。それぞれ一軍を率いる。

つまり、五千の直属の歩兵の他に十の軍が劉邦の下に付くということである。

「篤すぎぬか」

項梁の懸念に范増は、

「不義を討つ新参を援助すれば、その評判で更に人が集まります。それに魏の出方も見ることができるでしょう」

秦と交戦中である魏の領地を攻め、魏がどのように反応するか。敵対するか、目を瞑り秦への共闘を優先するか。それを確認したい。

「羽の側近にはああいう男が合うかもしれん」

項梁はふとそう思い、范増の提案を受け入れた。

🀄

「甥の項羽は威風堂々とした大男であったが存外、背の低く根暗そうな男であったな」

劉邦は項梁に面会後、その印象を周囲に漏らす。

「口を慎みなされませ！　誰に聞かれているか分かりませぬぞ！」

慌てて窘める蕭何の言葉も意に介さず、劉邦は続ける。

「まぁ、雰囲気はあったな。直属の兵もよく鍛えられていそうだ。同じ楚でも景駒のところとは大違いのようだ」

張良が頷き、涼やかな声を響かせる。

「この薛は孟嘗君の食客になろうと国中から侠士が集まった地。今も気の荒い者が多い土地柄、更にこの会合で勇士、壮士が集まっております」

「俺もその一人って訳かい」

張良はカカッと笑う劉邦に微笑みかける。

「江東から付き従っている兵は鍛え抜かれ、それらをしかと抑えているようです。幕僚も陳嬰殿のような徳望高い篤実な人物から、賊の頭領のような黥を受けた者まで広く従えており、なかなかの器量の持ち主かと」

劉邦は張良の言葉にまた笑い、

「ならばこの俺を上手く雲に乗せてくれるか。先ずは兵をどれほど貸してくれるか、期待しようかね」

そして兵の貸与の内容を聞いた劉邦はその手厚さに喜びを隠さず項梁の使者の手を取り、肩を叩く。

「流石、項梁殿は見る目があるねぇ！　これならあの憎たらしい雍歯と豊邑の奴らにも負けねぇだろう。早速行って故郷を取り戻す。項梁殿にはすぐに戻るとお伝えしてくれ」

痛がる使者にそう伝えると、今度こそと勇んで豊邑へ向かった。

「これで落とせねば、俺は終わる」

先程使者に見せた明るさを潜め、冷めた劉邦は独りごちる。

その呟きは誰にも聞かれなかったが、劉邦軍はこれが豊邑攻略の最後の機会であることを共有していた。

項梁は寛大ではない。

景駒の下から項梁に降った余樊君と朱雞石は魏の救援という名目で、章邯の強さを測るために使われ、余樊君は戦死、逃げ帰った朱雞石は処刑された。

彼らのように敵対していた訳ではないが、これだけの兵を借りながら邑一つ落とせぬとなると、劉邦は項梁からの興味を失い、二度とその視界に入ることはないだろう。

劉邦とその配下は腹を括り、豊邑攻略に挑んだ。

その覚悟は天に届いた。


その頃、魏では秦軍の攻撃が激化し豊邑への援助を行う余裕がなくなっていた。

そこへ項梁配下の十の精鋭部隊と後がない決死の劉邦軍。

劉邦は兵だけでなく攻城兵器も借りてきていた。

火矢が降り注ぐ中、土で塗り固められた城門に大型の衝車が激突する。

轟音と白い土煙を落としながら門は破壊された。

開け放たれた門に劉邦軍が殺到する。

「雍歯を探せ！　奴の首を持ってこい！」

劉邦の大声が響く。

やがて、周囲を囲む項梁軍も城壁を越え始め、大勢は決した。

四千に満たない兵で抵抗を続けていた豊邑は今までが嘘だったかのようにあっさりと落ちた。

しかし、自身の護衛まで回して捜索したが憎き裏切り者の首は届けられることはなかった。

「逃げられただと!?」

劉邦はこの圧倒する包囲の中、姿を消した雍歯に砕けんばかりに奥歯を軋ませながら邑内に入った。


——こいつらは俺を否定し、門が崩れる最後の時まで抵抗した。

戦闘が収まり、重暗く沈静した豊邑を劉邦は鬱々と歩く。

そこへ現れたのは劉邦の父と兄だった。

劉邦は驚き、駆け寄る。

「親父殿、兄上、御無事でしたか！」

父は無言で頷き、兄は憮然と言い放った。

「お前のお陰で針の筵に座っているような心地であったが、手は出されなんだ。家族は皆無事だ」

雍歯も邑民も、劉邦の家族に手を掛けることはしなかった。

「そうですか……」

劉邦はどこか気の抜けたような返事をし、事後の処理がありますので、とすぐに自陣へ戻っていった。

「雍歯の捜索は手配しております。恐らくは臨済へ向かったものと思われます。……御家族が御無事でしたのに浮かない顔ですな」

自陣に戻った劉邦に蕭何が報告する。

「あぁ、ちょっとな」

ドサリと座った劉邦は、蕭何に告げる。

「……すぐに豊邑を発つ」

蕭何は劉邦が故郷に居心地の悪さを感じていることを察するが、それだけではない気がした。

「折角の御実家です。少しはゆっくりされてもよろしいのでは」

劉邦は暫し無言で空を見詰め、語り始めた。

「親父殿は俺に好きにさせてくれたが、いつも黙って土を耕すばかりでよ。生真面目な兄とは性が合わん。……てっきり雍歯に殺されたとばかり思っていた」

劉邦は言葉を切り、ため息を吐いた。

「俺はもう父と兄は諦めていた。忘れていたと言ってもいい。……なもんで、今はちと親父殿の顔は見れねぇな。元々、雍歯の奴とは武侠(ぶきょう)仲間だった。忘れていたような家族だが、それに手を出さんくらいの侠気(きょうき)は残っておったか……」

「雍歯の捜索を止めますか？」

心情を慮(おもんぱか)り、蕭何は問う。

「いや、裏切り者だ。見付けたら殺すのは変わりねぇよ。だが、殺す前に礼は言おう」

劉邦はそう言って疲れたように笑顔を作った。

「それより張良はどうだ？　良くなったのか」

豊邑へ向かう辺りから、体調が優れぬと幕舎から出てこぬ日が続いていた。

「生来の病弱さにこの遠征続き。疲れが出たと仰(おっしゃ)っております」

「……そうか」

劉邦は少し眉を寄せたが、バンと自身の顔を叩くと勢いよく立ち上がった。

「さぁ、先ずは薛へ戻り、項梁殿に礼を言わねばならん。礼は兵糧が良いか」

蕭何も居住まいを正し、はっきりと応える。

「はっ。あれほど人が集まれば、兵糧の確保に苦慮しているでしょう。事実、甥の項羽殿の遠征の目的の一つが穀倉庫の襲撃とのこと。兵糧が何よりの礼品となりましょう」

劉邦はニヤリと笑い、

「そろそろその項羽も帰って来ているかもな。あの若造、強面（こわもて）に反してなかなか面白い奴だからな。カッカッ」

留の酒家での出来事を思い出したのか、劉邦は楽しげに笑った。

「項羽殿は楚の主宰の甥。そのような言い方はお控えなされ」

蕭何は窘めながらも、気力を取り戻したように笑う劉邦に安堵の息を吐いた。

新たな楚を興した項梁は、前線から離れた盱眙（くい）を新たな首都とした。

即位した懐王と旧貴族を安全のためと体（てい）よくそちらに押し込んだ。

その中には上柱国（じょうちゅうこく）となった陳嬰もおり、そう勝手な真似は出来ないだろう。

軍の元帥であり、即ち国の中心はあくまでこの武信君であることを見せ、それぞれの本拠に戻る諸将を見送った。

そこへ項羽が西から戻ってきた。

「叔父上、ただいま戻りました」

驚くべきことに項羽は陳を遥かに西へ越え、大きな穀倉庫がある襄城まで侵攻していた。

「大量の兵糧を手に入れましたぞ」

「羽よ……」

報告を聞いた項梁の背中に冷たい汗が流れる。

この数ヶ月で襄城まで行き、城を落として帰って来たのは善い。無茶な行軍だが、大量の食糧を得たのは嬉しい誤算である。

しかし、落城後の項羽の行動が項梁の顔を歪ませた。

抵抗の激しかった襄城に苛立った項羽は落城させるや、降伏した数千の兵を残らず坑に埋めて殺した。

「また反抗するかもしれませんし、生かしておけば穀を食みます」

まるで畑を荒らす蝗を大量に駆除したかのように語る項羽。

項羽には項羽の理があり、自軍のため、項梁のために行ったに過ぎない。そこに悪意はない。

父代わりの項梁にはそれが分かる。分かるがここまで凄まじいとは。

項梁はこの誇らしげな甥に掛ける言葉が見付からず、

「うむ。わかった」

とだけ、声を絞りだした。

項羽は項梁の返答に、

——褒誉の言葉を期待していた訳ではないが、何かもう少し……。

とも考えたが、沈着冷静で表情を変えることの少ない叔父だ、と思い直し拱手をしてその場を離れた。

項羽の過激な行為によって得た食糧で項梁軍は一つの難題を解決した。

お陰で焦って動く必要もなくなり、項梁好みの慎重な、言い換えれば受け身な立ち回りが可能となり、薛にしっかりと腰を据えようとした。

しかし、争乱の時代はそれを許してはくれない。

魏王咎の弟、魏豹が薛へやって来た。

魏領の豊邑を攻めた攻められたどころの話ではない。首都の臨済が落ち、魏王も死んだという。

以前項梁は一度、魏の要請に応える形で余樊君と朱雞石を章邯率いる秦軍に当てた。

しかし、景駒の部下であった二人には荷が重すぎたか、章邯に一蹴され余樊君は戦死、逃げ帰った朱雞石は処刑した。

その後、臨済が包囲されたのを知った項梁は一族の項佗に兵を授けて救援に向かわせた。

この時、魏の宰相周市は斉を口説き、斉王田儋自らが軍を率いて臨済に向かっていた。

だが、今や百戦錬磨の秦将章邯はこれを夜襲で撃破。周市と斉王田儋を討ち、敗残軍を追撃し東阿まで到った。

項佗はこの時、魏斉連合軍に合流はせず遊軍として章邯軍に付かず離れず追跡していた。

孤軍となった項佗は臨済の近くで潜伏するが、魏王咎が自らを犠牲にして臨済の民を守り、薪に焼かれて自害したのを為す術なく見届けるしかなかった。

その後、兄の犠牲で死を免れた魏豹は臨済を脱し、項佗によって保護された。

魏豹は清らかな表情で炎に呑まれていく兄の最期を目に焼き付け、その赤く染まった目で項佗に嘆願した。

「項梁殿へお引き合わせ願いたい。兄の無念を……魏の再興を、どうか援けて頂きたい」

その迫力に項佗は首を縦に振るしかなかった。

第14章 援軍

「楚は魏の再興をお援けするであろう。先ずは心身を休め、その時に備えなされよ」

項梁はすぐにでも逆襲に動こうとする魏豹を諫めた。

「はっ、ご配慮ありがたく……」

魏豹も、項梁の援助がなければ一城も取り戻すことは出来ぬと逸る気持ちを抑え、謝辞を述べ、楚に留まることとなった。

この兄の仇と国の復興を目指す魏豹を眩しく見詰める男が劉邦の陣営にいた。

「魏豹殿が気になるのかい」

「いえ……」

劉邦の問いにその長く艶やかな睫毛を伏せ、歯切れ悪く応える。

「最近身体が優れぬと言っていたが、それだけではないだろう」

張良は躊躇いがちに劉邦へと願い出る。

「沛公……」

「いいぜ、行きなよ」

驚きで、翡翠のような美しい瞳が大きく見開かれた。

「この間、項伯といったか？　項梁の親族に会ったあとから様子がおかしかったからな。何か胸に秘めた大事があるのだろう？」

人好きする笑顔で語る劉邦に、全てを見透かされた張良は揺れる瞳から静かに涙を流した。

そして事の経緯を話し始めた。

「私は韓の宰相の家柄でございました。秦の侵略に国が滅ぶ時、私は弟に逃がされました。……歳若い弟は私に生きよと。生きて秦に雪辱を。韓の復興をと。それが、生かされ託された私の悲願であり、唯一の生きる糧でございました」

貴方に出逢うまでは。

という言葉を張良は呑み込む。

「項伯殿を訪ねた折に韓王の子、横陽君成様がこの薛へ居られることを知らされました」

劉邦の耳は、張良の清流のような声の中に強い決意と決死の覚悟を聞いた。

「項伯殿も項梁殿へ援助を掛け合って頂けるとのこと。成様を奉戴し、韓の再興を目指したく。公からお別れしなければなりません」

貴方の行く末を、貴方の描く未来を側で見てみたかった。

また叶わぬ想いに口をつぐんだ張良。

劉邦は一度、空を仰ぎ、

「ちくしょう!!」

と大きく叫んだ。

そして張良に向かい、変わらぬ柔らかな笑顔で頷く。

「お主の悲願が叶うよう、祈っておる」

そう言ってカカッと大きく笑い、張良の背中を押した。

「本心では泣きたくなるほど残念だがな。韓が再興した時、俺が路頭に迷っておったら雇ってくれよ！」

片目を瞑り、笑う劉邦に張良の瞳はまた涙で濡れた。

「見栄を張りましたな」

去っていく張良の背中を眺めながら、夏侯嬰が言う。

「うるせぇよ……。行くなと言っても、あのまま心労で死にそうだ。いつか外からの助けになるかもしれんんだろ」

劉邦は、夏侯嬰を軽く小突くと大きくため息を吐き、

「はぁ……。張良といい、田中といい、俺がこれはと思う者には唾がついてやがる。まぁそれだけ俺に見る目があるということか、ハッ……」

そう自嘲するように疲れた笑いで自身を励ました。

そんな数多くの出逢いと別れ、悲願と希望が交錯する薛の地にまた一人の使者が、強い決意を胸に東阿からたどり着いた。

「田中様、もうちっと食事の量なんとかなりませんかね。あれっぽっちじゃ力も出ません」

申し訳なさそうにそう言ってきた兵長が、今日の防衛戦で死んだ。

昨日まで笑い合っていた人が、物言わぬ死体になる。

そんなことが、そう珍しいことじゃなくなってきた。

悲しさはある。でも涙は流れなくなった。

そのうちこの悲しさも麻痺して、何も感じなくなるのだろうか。


食糧はまだまだ保つが、先のことを考えて配給している。

幸い水路があるため水は豊富にあるが、燃料節約のため濡らした布で体を拭くだけ。

もう鼻が慣れたのか、汗や垢、血の臭いも気にならない。

籠城は続いている。

今日で何日目……二ヶ月は過ぎただろうか。

もちろん数えれば分かるが、そんな気も起きない。

「田中様、この籠城はいつまでっ……いえ、なんでもありません」

俺と同じく初めての籠城を経験している同僚が、思わず出かかった言葉を呑み込む。

俺は力の入らぬ頬に精一杯の笑みを作り、

「相手も疲れているようで、攻撃の手が弛(ゆる)んできています」

まだ同僚を気遣う言葉が出る辺り、俺はまだまだ冷静なのか。

田栄(でんえい)や田横(でんおう)がまだ王になっていない。

すでに歴史が変わっている可能性も捨てきれないが、彼らがここで死なないということはこの籠城は負けないと思っている。

助けは来る。

そう信じている。

「中」

背中からの声に振り向く。

そこにはややくすんだ外見となった田横。

肌や髪は汚れて乱れてはいても、その活力までは失っていない。

機敏な動き、張りのある声、しっかりと見開いた目。

そんな田横の様子を見るだけで、『まだ大丈夫、まだ戦える』と兵達は安心する。

田横自身もそれを理解していて、活動的な様子を意識して見せている。

「兄上からの招集だ。行こう」

城の廊下を二人歩く。

「お主の前でまで虚勢を張っていたら肩が凝る」

田横はそう言って、張った胸を少し窄めて苦笑いを浮かべる。

ホント頭が下がるよ、この男には。

俺は苦笑いを返す。

「終わりの見えないこの籠城に耐えることができているのは、横殿の精力的な姿に勇気付けられているからでしょう。実際、兵達は疲れてはいますが絶望した様子はありません」

田横は頷き、少し考え込むような仕草で応える。

「将が諦めれば、兵はそれを敏感に感じとる。一緒に戦っていてそれがよく分かる。不思議なことだが、何というか、兵達に俺の気持ちが乗るというか、共有するというか。そんな時がある」

俺の錯覚かもしれんがな、と笑う田横。

スポーツとかでチームが一つになる的な？　一瞬で戦術を理解するみたいな感じかな。

まぁよくわからんが、将として凄く重要な素質なのはわかる。

「流石、田横将軍ですねぇ」

「からかうな」

肩で小突かれ笑い合う。たまには息抜かんとな。

「それにしても今日の軍議は早いですね。何かあったのでしょうかね」

定時の軍議より早い招集に不安を覚える。

「ふむ、朗報なら善いのだがな」

田横も顎に手を当て応えた。

会議の室に着いた俺達を、先に来ていた華無傷が飛びつくように迎えた。

「やりましたよ！　高陵君がやってくれましたよ！　来ますよ！　楚の援軍が！」

俺と田横は顔を見合わせ、笑顔で頷き合った。

「この上ない朗報だ」


「先程、高陵君の従者が先行して帰り着きました」

田栄の清涼でしっかりとした声が響く。

籠城が始まって以来、端整な顔に常に刻まれていた眉間の皺が久々になくなっている。

悩む姿もイケメンだったが、漸く元の涼やかなイケメンぶりが見えた。

「援軍はすでに薛を発し、こちらへ向けて進軍しているようです」

やった！　高陵君がやってくれた！

「援軍の規模は」

田横は喜びを抑え、田栄に冷静に問う。

そうだ、そうだな。

重要なのはそこだ。援軍といっても名目上程度の数なら意味がない。

田栄はその問いにしっかりと頷き、気力の充実した表情で応えた。

「その数は楚軍と諸将の軍を合わせ、およそ十万。項梁殿自身も向かっているとのこと」

おお！　めちゃくちゃ本気の援軍じゃないか！　すごいぞ高陵君！　さすがの弁舌！

ってあれ？　これ俺の立場がない？

いやいや、そんなことより皆助かることとの方が大事だ。

俺の立場なんて別に。

ただの事務とかでもいいし、あ、でも蒙琳さん養えるだけの給料貰えたら……。

うん、立場はいいんだ。

……いいんだが。

大援軍との応えを受けた田横は手を叩き、張りのある大きな喜びの声を上げた。

「高陵君、よくやってくれた！　この働きに従兄の亡魂も慰められるだろう」

田栄は目を細め、どこか遠くを見るように頷く。

田横に続き、華無傷もすぐにでも兵たちの下へ駆けたいような弾んだ声で言う。

「守る兵達に伝えれば、疲れが吹き飛びましょう！」

これにも穏やかに頷いた田栄だが、その後綻んだ表情を引き締めた。

「楚の援軍はこれ以上ない朗報ですがこの大軍の動き、章邯が見逃すはずもありません。奴もすでにこちらへ向かっているでしょう」

援軍が来たとて相手は章邯。必勝という訳ではない。

田栄の言葉が皆を現実に引き戻す。

「章邯は急襲、夜襲を使う。楚の強さはこの目で見ているが、奇襲を受ければ大軍でも危うい」

田横が腕を組む。

確かに楚軍の戦いぶりは背筋が凍るものがあった。しかしそれでも章邯の術中に嵌まれば壊滅の恐れもある。

「横」

考え込む田横に、厳しい表情に戻った田栄が呼びかける。

「実はもう一つ朗報があります。臨淄の蒙恬殿からも援軍が出されました」

なんと！　ありがたいけど田安達の備えは大丈夫なのか？

『守りに必要な数は確保しておる。お主らが倒れれば臨淄を守る意味もなくなる。少数で申し訳ないが役立ててくれ』

「蒙恬殿からそう言伝られ、東阿の東、博陽に二千が向かっています」

爺さん……無茶しやがって。格好いいじゃねぇか！

「兄上」

言わんとしたことが分かったのか、田横が拱手して田栄に向かって宣言する。

「密かに東阿を出、その二千を率いて章邯の軍を探る。そして楚軍に合流します」

「危険ですが、横以外この任を果たすことができる者はいまい。……頼みます」

苦しそうに頼む田栄に、田横はゆったりと笑う。

「助けを待つばかりでは狄（てき）の田氏の名折れ。共に強敵にあたってこそ狄の田氏、いや新生した斉（せい）の王族でしょう」

俺は眩しいものを見るように田横を見る。

……。

………。

高陵君も、蒙恬も、田横も……。

『田中様、もうちっと食事の量なんとかなりませんかね』

『田中様、この籠城はいつまで……』

兵や同僚の顔が、言葉が脳裏に浮かぶ。

俺はこの籠城で何かしたかな……。何か役に立ってんのかな……。

一度、天井を見上げる。

俺は田中（たなか）だけど……。

田中（でんちゅう）なんだよな。

田氏の田中（でんちゅう）なんだよな。

俺のこと、田氏だと思っている人がいて。

俺に期待してくれてる人がいて。

クソっ、やっぱり立場なんかどうでもいいなんて言えないじゃないか。

「あの」

「中、なに」

田栄がこちらを向く。

俺はふっと息を吐き、ありったけの勇気でその言葉を口にした。

「いや、あの。……私も横殿について行きます」

あぁ……言った瞬間血の気が引いた。声が震えてる。早速後悔してんのか、俺。

「中、密かに博陽まで駆け、その後も少数で秦の大軍の網を潜(くぐ)り抜けねばならん。危険だぞ」

いやもう、言ったからには後戻りできんぞ。

田横の警告には返答せず、青くなった顔を自覚しながら、田栄に尋ねる。

「楚の援軍に項梁の甥(おい)の項羽(こうう)はいますかね」

「項梁自身も出ているのですから、恐らくは」

田栄の返答に俺は田横を指す。

「ではやはり私も行った方がいいですね。横殿と項羽は非常に相性が悪い。共に強敵にあたるどころか二人がかち合いますよ。私が間に入って手を握らせましょう」

「中」

俺は緊張で硬くなっている片頬をニヤリと上げた。

つもりだったが、田横は俺のその顔を見てため息を吐き、

「笑っているつもりだろうが頬が引き攣っているようにしか見えんぞ」

そう言って手本を見せるようにニヤリと笑った。

「兄上、中を連れていきます」

「楚との連携、交渉にはよいかもしれませんが……戦となれば力不足では」

はっきり言うね。確かにその通りだから反論できん。

田栄の許可が下りなければ仕方がないけど諦めるか……。

うん、仕方がない。

言ってはみたものの、まだびびってる自分もいる。

田横は憂慮する田栄を真っ直ぐ見据え、人を安心させる笑顔で応えた。

「中には俺に足りぬ言葉がその口にあり、俺には中に足りぬ武がこの腕にある」

彼の視線が俺に移る。そこにはやはり、いつもの笑顔がある。

「互いに見えぬものも見える。足りぬものを補い合える。俺の相棒として不足はありませぬ」

田横の言葉が、表情が。

俺の胸を熱くさせる。

あーくそう……怖じ気づいてるのが恥ずかしくなるじゃないか。

「どうか同行のお許しを」

俺は深く頭を下げた。今度は、声は震えなかった。

田栄は暫く考え、田横に申し出る。

「他に従者を幾人か付けますか？」

しかし田横は首を振り、

「人が多ければ多いほど秦軍に見つかる可能性がありましょう。なに、俺と中は二人旅に馴れております」

そう言って笑う田横に、田栄は諦めたとばかりにため息を吐いた。

「……今夜用水の隠し通路から出、博陽へ急行してください。その後章邯の進路を見極め楚軍へ合流、先導を。手勢は少数です。戦闘では楚軍と連携し、決して無理はしないよう」

そして俺と田横の顔を交互に眺め、先ず俺に、

「中、横が突出せぬよう諫めなさい」

「はっ」

そして田横に向けて苦笑し、

「横、中が逃げださぬよう励ましなさい」

「はっ」

俺は田栄の冗談混じりの忠告につっこむ。

「今更一人では逃げませんよ。逃げる時は田横殿を引きずってでも二人で逃げますよ」

「逃げることは否定せんのだな」


小さな明かりを頼りに田横と進む。

今は真夜中。

準備を終えた俺達はこの暗い隠し通路を通り、東阿の城を離れようとしていた。

「随分格好をつけたな」

膝下あたりまでの水に不快さと歩きづらさに耐えながら、田横が小声で話しかけた。

「蒙恬殿や高陵君殿、兵の皆も頑張っていますしね。しかし同行を願い出た自分に驚いていますよ。自分に格好つけすぎたかな」

俺の自嘲に田横はフッと小さく笑い、

「己に格好つけなくなれば、人はどんどん怠惰になり老いていく。己の憧れる姿に近づくために己自身に格好つけるのは悪い事ではないと思うぞ」

田横も自分に格好つけてんのかな。

「田横殿も？」

「そりゃそうだ。自然と英雄然と振る舞えるほど俺は人ができてはおらんよ。鮑叔牙(ほうしゅくが)や孟嘗君(もうしょうくん)、他にも色々な英雄に憧れ、真似(まね)てるさ。己の心を裏切らぬためにな」

そうか。

そりゃそうだよな。田横だって人だもんな。しかも歳下だ。

失敗することもあったし、弱って泣くこともあった。

小説の中の文字じゃなく、ゲームの中のキャラじゃなく。

生きてる人だ。

……だからだよな。

だから惹(ひ)かれるんだろう。

「まぁ、死ぬまでこれを続けて『田横という男は格好良かった』と語り継がれれば最高だな。はは っ、格好つける甲斐(かい)があるとは思わんか」

俺は思わず吹き出す。

ふはっ、そんなこと思ってたのか。

「ははっ、全くその通りですね。横殿は『歴史上最も格好つけた男、田横』と名を刻まれましょう」

「ふふっ、ばれねばよいのだ。ばれねば『歴史上最も格好いい男、田横』と刻まれる」

田横も笑う。

あんたは十分格好いいよ。

俺がもし現世に帰ることができたなら、史上最高に格好いい男として宣伝しまくってやるよ。

改めて田横という男の魅力に触れた気がする。

暗闇を小さな灯を頼りに進む俺と田横は、出口が近くなるにつれ、緊張が高まり無言になっていく。

「そろそろ外だ。明かりを消そう」

薄く月明かりが見え、田横の囁く声に灯を吹き消した。手探りで慎重に進む。

通路から出ると、そこは背の高い草の茂る河岸だった。

雲が薄くかかった月が頼りなげに河面を照らす。

今はその優しい明かりさえ陰ってくれ、と念じてしまう。

暫く動かず周囲を探る。

やがて誰もいないことを確認した俺達は立ち上がりなるべく静かに、だが駆けるような速度でその場を離れた。

「博陽まで歩けば時間が掛かる。どこかの邑で馬を手に入れよう」

前を走る田横は星を観、進むべき方向を指し示した。

東阿の城を密かに抜け東に位置する博陽へ向かう。

秦軍の斥候を警戒し済水まではその足で歩いた。

済水を渡ればまだ秦軍の兵はいないだろう。

夜明けと共にこの大河を渡った後、斉の領地である邑で馬を借り博陽へ向けて駆ける。

「乗馬が上手くなった」

「これだけよく乗っていればね。尻の皮も厚くなりました」

馬上から軽口が叩ける程度には上達したな。

休憩もそこそこに、ひたすら駆ける。途中、また邑に寄り馬を交換してもらった。


その日の夕刻、博陽へと辿り着いた。

門兵は俺達を驚きと喜びをもって迎えてくれた。城へと伝令に走る。

城へ向かった俺達を出迎えてくれたのは、蒙恬がかき集めてくれた臨淄からの援軍。

その先頭に立つ、どこか見覚えのある男が拱手し、頭を下げる。

「田横将軍、お尋ねしたいことは多々あれど、先ずはよくぞ御無事で」

この援軍の隊長のようだ。

歳は田横と同じくらいか、少し上か。真面目で頼りがいがありそうな男だ。

「この兵を率いているのはお主か。順調に出世しているようだ」

ああ、思い出した。

この人、蒙琳さんが誘拐された時に事情を説明してくれた衛兵の人か。

確か元は田都に従っていて狄から臨淄を攻めた際、城の守備として捨て駒にされ田横に降ったんだったか。

田横が気にかけていたようだが、軍を率いる立場にまでなったのか。

「お主と話すのは急迫した時ばかりでまだ名を聞いてなかったな」

隊長の後ろに並んだ兵を眺め、田横はその整然さに頷いて尋ねた。

「田解と申します」

その名にほう、と声を漏らす。

「お主も田氏か」

田解は生真面目な表情を変えず応える。

「臨淄で石を投げれば田氏に当たると申します」

何それ。そんなことわざみたいなのがあるの？　実際臨淄には田氏がとても多いらしいが。

「いつ分かれたとも知れぬ枝葉の家でありますが、田の氏を持つならばと田假に仕えておりました」

同じ氏を持つ誇りで、旧王族に仕えていたのだろう。しかし奴らは傲慢で酷薄で彼を使い捨てにしたと。

「そうか、お主の力量を見抜けぬ者に仕えておったのは不幸であった。しかしこれからは俺が見ている。蒙恬殿もお主を見込んでの人選であろう。励めよ」

「はっ」

田解は太い眉をキッと吊り上げ短く応え、また頭を下げた。

「将軍の突然の来城、感嘆と歓喜で兵たちが沸いております。しかし将軍は東阿にて籠城中でおられたはず。蒙恬様は我らをその一助にと臨淄から送り出しました。……まさか東阿は」

俺達を博陽の城に案内した田解は、この予想外の来訪に東阿の落城を推測したようで硬い表情だ。

田横は笑顔でその懸念を払拭する。

「大丈夫だ。東阿は落ちておらんよ。反撃の機が巡ってきた。俺と中はお主らと合流し、秦軍に一杯食わせるために東阿を抜けて来たのだ」

楚からの援軍が向かっていること、この二千の軍を斥候とし秦軍の動向を楚軍へ届けることを伝えた。

「それはこの上ない朗報。正直、この二千で何が出来るかと頭を悩ませていたところです」

田解は田横の言葉に張り詰めた気配を緩めたが、すぐに気力を漲らせた。

「楚の出師はすでに章邯にも伝わっていよう。章邯がどう動くかを探りたい」

田解は部下に声を掛け、地図を持ってこさせ俺達の囲む机に拡げた。

「楚軍は先ず全軍をもって亢父を獲るようだ。そこから西を窺いつつ、東阿に向ける軍を出す予定だそうだ」

高陵君から届いた楚軍の行軍予定を話しながら地図を睨む。

「常識的に考えれば東阿近くで全軍合流して、南から来る楚軍を迎撃です。ならば濮陽経由でしょう」

田解は地図上の東阿の南西、濮陽を指した。

「うむ、しかし章邯は策を好む」

素直に合流し、待ち構えているかどうか、か。

「章邯の得意は奇襲や挟撃……」

俺の呟きに田横が応える。

「小回りの利かぬ大軍相手。俺が章邯であれば今回も挟撃を狙う。北上する楚軍の背後に回れる場所へ向かうだろう」

夜襲は前回の今回で流石に警戒されると思っているかな。しかし田横の言うとおり挟撃を狙う可能性はある。

挟撃であれば、分かっていても動きの鈍い大軍。防ぎ様のないこともある……かも。

「中はどう見る」

田横の問いに俺は空を見つめ、自身を章邯の立場として考える。

田横の考える章邯は攻めの章邯。

ならば俺は守りや運用から考えてみるか。

うーん……章邯は魏の各所の守りに幾らか兵を置いていかねばならんが、それでも大軍だろう。

それが待機できる城で……。

「北に向かう楚軍が西へも侵攻するのを警戒しつつ、しかも東阿へも軍を出せる場所。尚且つ背後から挟撃を狙うなら……」

いつの間にか出ていた声に反応し、

「となれば」

田横が地図のある一つの場所を指差す。

「城陽か」

俺は地図から目を離し、田横と頷き合う。

うん、同意見だ。

東阿のやや西よりの南。亢父からはほぼ西。

柔軟に動くならいい場所だと思う。

「素直に濮陽という線も捨てきれませんが……」

濮陽か城陽か。

俺の軍学なんて少し蒙恬に習っただけの付け焼き刃だ。

田横と意見が一致したのには安心したが、相手は百戦錬磨の章邯。

考えれば考えるほど自信がなくなってくる。

しかし話を聞いていた田解は納得したようで、

「いえお二人の推察、流石のご慧眼と存じます。秦も大軍。城陽周辺を見張っておればたとえ濮陽であったとしても対応できましょう」

そう言って、冷静な表情を崩さず拝礼した。

「よし」

田横が結論を下す。

「城陽のつもりで探る。備えとして少数、濮陽の辺りにも斥候を出そう。急ぎ動こう。できれば楚軍が亢父を獲る内に伝えたい」

こうして軍議を終えた俺達は、急ぎ城陽周辺を探るための準備を整え博陽を飛び出した。

薛から北上を始めた楚軍は、龍且の軍を先頭に、黥布そして項羽、劉邦と続き、最後尾に項梁が控える。

「ほとんど龍且殿と黥布殿で片付けちまって、我らの働き所がないですな」

城とも言えぬ小規模の邑を苛烈に攻める先陣を眺めながら、劉邦が項羽に愚痴る。

——働きを見せて目立たねば、勇将の多い楚軍で埋もれてしまうかもしれん。

小さな焦りが劉邦にはある。

「うむ、亢父までは我らの出番はないでしょうな」

一方、項羽は落ち着いている。

楚王を僭称した景駒討伐でも活躍し、襄城でその凶悪な強さを知らしめた。

身内ということ、そして残虐性を差し引いても、項梁が一番信頼する将であろう。

「しかし、意外ですな」

「何がですかな」

劉邦はそんな焦燥感を胸の内に隠し、この若い武人に語り掛ける。

「項羽殿が斉の使者の肩を持ったことです。項梁殿に随分熱心に出師を勧めたとか」

そう言ってから劉邦はポンと手を打ち、

「あぁ、あれですか？　斉の使者に留の酒家でのことを責められましたかい？」

思わず口に出した言葉に、劉邦は嫌みだったかと内心後悔した。

しかし項羽はあれを思い出し、一瞬苦い顔をしたが直ぐに気を取り直し、

「いえ、あれが斉の田横と知らされ驚きはしましたが、私が使者と面談するきっかけとなったに過ぎません」

それから、ふと思い出したように劉邦へ顔を向けた。

「そういえばあの場を収めたのは、貴方だったそうですな。なんとも奇妙な縁だ」

彼なりの感謝の言葉なのだろうか、項羽は頭を僅かに下げた。

それを見た劉邦は人好きする笑顔を深めたが、その陰では驚いていた。

——楚の名家の誇りもあろうに。しかも農民出の俺を見下す感じもない。

——坑にするような冷酷で短気な気性のわりに鈍感で素直なところがある。……なんとも不思議な男だ。

「ではなぜこの援軍を支持されたので」

「叔父上は文武兼備のお方ではあるが、慎重で受身な性格。悪いとは申さぬが、機を逃すことにもなりかねん。この援軍は中原に楚の名を轟かすものであり、且つ秦随一の将章邯を討つ絶好の機でありましょう」

江水を越えたのも、陳の使者を名乗る召平という戦乱の兆しがやって来たからであった。

中央から離れ、時の流れが緩やかな江南であったからこそ、その慎重さと噛み合い半ば王国のような勢力を築いた。

しかしこの激動の中原では拙速が命。考えるより先に舵を切らねば波に呑まれて沈んでしまう。

それを項羽は肌で感じている。

――降った城の処理などに煩わされている時ではないのだ。

「罠にかかるのを待つよりも、大物の獲物を追って射掛ける方が儲けがよい時もある……ということですかな」

その言葉に劉邦をまじまじと見、項羽は深く頷いた。

――存外、戦のわかる男だ。

項羽の視線を感じてニヤリと笑った劉邦は言を続けた。

「先ずは獲物を視野に入れるために亢父を手早く落とさねばなりませんな」

「まさに」

項羽はまた深く頷く。


――自力で故郷も取り返せぬ戦下手かと思ったが、指揮は伸びやかで属将も良く働いている。

亢父を攻める中、項梁は後方から劉邦の戦ぶりを観た。

項羽のような激しさ、黥布のような力強さとも違う進退自在というような、しなやかな巧さがある。

背後に五月蠅い後ろ楯もなく、黥布のように手綱を噛み千切る危うさも感じない。

――使い勝手の良い男だ。

項梁は劉邦の奥に眠る龍に気付かず、そう印象づけた。

一方、劉邦は項羽麾下の兵が既に城壁を越え始めたと聞いて唖然とする。

――いくらなんでも速すぎるだろ。もしこれが敵であったなら……。

劉邦の背中に冷たい汗が流れ、体がブルリと震えた。

「小便ですかい。今は我慢して下さいよ」

その様子を見て、傍らに立つ樊噲が劉邦を見当違いに諭す。

「お前は本気で言ってんのか、冗談で言ってんのかわからん……」

毒気を抜かれた劉邦がため息を吐く。樊噲は大きな口を豪快に開けて笑う。

「ははっ、味方が頼もしいのは善いことだ。なに、もし敵に回っても沛公はわしが護ってみせましょうぞ。おや、もう城門が開きましたぜ」

「やっぱりわかってんじゃねえか」

そうぶつぶつと呟きながら、劉邦は亢父の城門へ向かい歩み始めた。

亢父を難なく落とした項梁は、軍議のために主だった将に招集をかけた。

その中には劉邦の名もあり、軍議の間に向かう彼の耳に話し合う声が聞こえてきた。

遅れたかと劉邦は歩を速める。

「私の献策、お聞き届けて下さりませぬか」

「……わかった、検討するがお主の本分は護衛。あまり職務を侵す真似はするな」

劉邦が部屋へたどり着き、出てきた男とすれ違う。

見慣れぬ男だ。

背はすらりと高く、色は白い。眉は細く、唇も薄い。

一般的に見れば美丈夫と評されるかも知れないが、その目の印象が全てを消し去る。

――深く暗い河底のような目をしてやがる。

感情の読み取れぬ、曇天の夜のような瞳が劉邦を捉える。

「失礼」

男は劉邦に軽く頭を下げ、去って行った。

「劉邦か、早いな」

部屋の入口で男の背を目で追っていた劉邦に項梁が声を掛ける。

「まだ集まってはおらぬ。暫し待て」

劉邦はその声に我に返り、入室しながら問う。

「今のは」

項梁は誰何する劉邦に軽くため息を吐き、応えた。

「体躯も良く護衛の端に加えてみたが、野心があるのか分を超えて、戦略をたびたび献策してくる。職はそつなくこなすのだが」

「ほう、では策はよく採用されるので」

「いや、叶えたことはない。奴の策には感情がない。此度も今から東阿を無視して全軍で西を目指せと申してきた」

「むう……」

項梁が語るその策に劉邦は唸る。

確かに東阿に目が向いている今なら、咸陽まで攻め込めるかも知れない。

しかし斉を見殺しにして秦を滅ぼしたとて、他国や民の心証は地に落ちるだろう。

「何よりあの陰気がな……。会話する者の感情も陰に染まりそうになる」

それを聞いて劉邦は思わず吹き出しそうになる。

――根暗が陰気とは、よく言うぜ。

劉邦が一つ咳払いをしたところで、楚軍が誇る勇将達が集まり始めた。

そろそろ軍議が始まろうかという時、一人の伝令の報告が待ったをかけた。

「斉の田横将軍が到着されました」

章邯への偵察を終えて、俺達が亢父に着いたのは項梁が入城して間もなくだったようだ。

これから本格的に章邯へあたるため、軍議を開くところであったらしい。

田横と俺は土埃と汗にまみれ、着の身着のままの状態だが、そのまま軍議の間に通された。

注目を集める中、ちらりと周りを囲む将達を見回す。屈強そうな将に交じって劉邦がいることに驚く。

劉邦……。

向こうも大袈裟に驚くふりをした後、ニヤリと目で挨拶してくる。

確かに史実でも項梁の配下になっていたはず。この時期にはもう項梁に付いていたのか。

しかし援軍である今は心強い。いや……心強いか？

あいつ戦い強いのか？　項羽に負けてばっかりじゃなかったっけ？

その項羽は気まずそうに田横を見ていたが、一つ咳払いをして俺達に声を掛けた。

「斉は東阿で籠城中のはず。その将軍がなぜここへ？　我らの救援を待たず東阿は落ちたか」

博陽に着いた時の田解と同じ問いだが、やや毒を感じる。

しかし項羽には嫌みな意図はないような表情だ。気を遣った言い回しができないだけだろう。

天然の毒舌家か。

本人に自覚が無い分、ある意味余計に質が悪いな。

その無邪気な毒を受けた田横は表情を変えず、今は武信君を名乗る項梁に揖礼をする。

「先ずは斉の宰相田栄に代わり、この援軍に感謝を申し上げたい」

王不在の現在、政務を取り仕切る田栄の名を出し、頭を下げる田横。

それに合わせ俺も頭を下げるが、無視される形となった項羽の眉がピクリと上がるのが見えた。

いや、話し掛けるタイミングが悪いでしょうよ。先ずは代表にご挨拶だろう。

「うむ。我が楚は正義を示し、悪政を敷く秦を打ち倒さんとする者を援けるのは当然。義を以て魏を援けんと立った斉。それを楚もまた義を以て援けるであろう。して東阿は」

項梁の形式的な美辞の言葉に続き、問いが繰り返された。

「東阿は未だ秦の猛攻に耐えております。我らは章邯の動向を伝え、また共に戦うために抜け出て参った次第」

「ほう、して章邯の動きは」

「楚軍が亢父を攻めると知った章邯は城陽に向かいました。その数、五万。さらに三川郡の郡守李由に援軍を要請し、およそ二万の増員があるようです」

そう、俺達の予想は的中した。

魏国へ急行した俺達は民に紛れ、商人に扮し、山野に隠れながら情報を集めた。

そして章邯が城陽に向かうということを摑み、この亢父へ急行したのだ。

「狙いは北上する楚軍の背後に回り、東阿の包囲軍との挟撃でしょう」

田横の返答を皮切りに、場は自然と軍議へと移行した。

将がそれぞれ発言を始める。

「では先ず城陽を攻め、章邯を討てば」

「いや、東阿は未だ士気は保っているようだが、城陽を落とすまで持つとは思えぬ。ここで東阿を見殺しにすれば、楚を見る世の目は変わってしまう」

「しかし背後を狙われたままでは動くに動けんぞ」

侃々諤々（かんかんがくがく）、様々な意見が飛び交う中、腕を組み静かに聞いていた項羽が両拳を揃（そろ）えて突きだした。

議論が止まる。

静かになった場を見渡し、項羽は揃えた拳を左右に離した。

「軍を分ければよい」

項羽の言葉に意図が読めず将達は押し黙ったままだったが、項梁が項羽に問いただす。

「章邯の軍も大軍である。軍を分けてどうする」

項梁の問いに項羽は臆することもなく語る。

「こちらも挟撃と見せて章邯を迷わせます」

離した拳を前後に置き、前の拳を進ませる。

「章邯は叔父上の背後に回ろうとするでしょう、ですので前軍は全力で東阿へ急行、叔父上は後軍からゆるりと北上する」

「前軍と後軍の間が開き過ぎれば、我らの挟撃は成り立たん」

将の一人が懸念を呈すると、

「挟撃は虚であり章邯を惑わす罠。そして前軍の速さが要となる」

項羽は、足りない言葉を身振り手振りで補いながら説明を始めた。

り、理に叶っているような、無茶苦茶なような……。

しかし、項羽は強さに任せて突っ込んでいくイメージだったが、自分なりの理屈と戦略眼があるようだ。それが感覚的なものなのか、説明は上手くないようだが。

「我が軍の速さ、強さなら可能」

説明を終えた項羽はそう言い、動かしていた腕を誇らしげにまた組み直した。

「章邯が迷わず先行軍を叩きに来たら」

「ない」

また別の将の憂慮に、項羽ははっきりと短く否定した。

「章邯は軍の心を狙う。我が楚軍の心は叔父上、武信君。端から叔父上を無視した動きはすまい」

項羽は自身の左胸を叩きながら応えた。

心というのは心臓のことか。

確かに野戦での章邯の戦い方は一直線に頭を潰して、指揮を混乱させることに重きを置いている感がある。

項梁を狙ってくる可能性はかなり高い。

「先行する軍を精鋭で揃えれば、できんこともなかろう。仮に挟まれようと包囲軍を突き抜ければよい」

一人の男が項羽に賛同する。

怖っ、なんだあの人、顔に刺青(いれずみ)入ってる。この時代って罪を犯した罰で入れられるんだよな……。

ということは罪人……てか、あれは黥布ってやつか！

盗賊上がりで王にまでなった人物だよな。彭越(ほうえつ)と似たような感じか。

確かにやばい雰囲気は近い気がするが……。

俺は目が合わないよう黥布をチラ見していると、項梁の隣にいる口うるさそうな老人が見た目通り、雷のような怒り声を上げた。

「楚の要であり、身内でもある武信君の命と東阿の秦軍を天秤にかけようとは、真に不敬である！」

ギロリと睨まれた項羽が少し退(さ)がった。

おおう、黥布とは違う意味で怖えぇ。

「だ、だからこそ秦軍の心である章邯をも討てるやもしれぬ」

項羽がたじろぎながらも反論した。

爺さん相手に腕力に訴える訳にもいかんし、口では敵(かな)いそうにないし、苦手なのかもな。

俺は現世では、あの手の頑固爺(じじい)とはわりと相性良かったな。

項梁の隣にいるとなると、後に項羽の軍師になる范増(はんぞう)か？

話す機会があればいい関係が築けるかもしれん。今後項羽を抑えるために役に立つかも。

その怒鳴り声に、今まで黙っていた項梁が范増を制す。

「翁(おう)【※12】よ。秦軍十万と章邯の命ならば安くはない」

項梁の言葉に范増は目を閉じ、

「……なれば、これ以上言いませぬが」

そう言って押し黙った。

その姿を見た項羽はあからさまにホッとした様子であったが、

「羽よ」

項梁の低く静かな声が響くと、精悍(せいかん)な顔つきに変わり一歩前に出る。

「龍且、黥布、劉邦と共に前軍を編制せよ。先陣は龍且に任せ、前軍を統括せよ」

「はっ」

【※12】翁(おう)。老人男性への敬称。ここでは范増への呼称。

項羽に続き、
鋭い眼差しの龍且、
刺青顔の黥布、
そして、普段のにやけ面を引き締めた劉邦が前に出、揃って揖礼した。

それを見て頷いた項梁は田横に向き直り、問う。

「東阿へは精鋭を急行させる。異はござらんか」

それを受け、田横は手を組み頭を下げる。

「感謝いたします」

そして頭を上げ、項梁をしっかりと見据えて言葉を続けた。

「少数ではありますが、我ら二千も前軍に加えていただきたい」

項梁は少し考えている様子だったが、

「斉国内です。道案内も要りましょう」

そう言って拱手する田横に静かに頷いた。

「逸る気持ちもわかるが無理はせぬよう。軍の指示には従って頂く」

田横は許可を得、再び謝意を表し拝礼する。

「方針は決まった。各自迅速に備えよ」

項梁のその一言で、軍議は終わりを告げた。

進軍の具体案が決まり、皆が軍議の間から退出するのに合わせ、俺達も続く。

早速、行軍の準備に取り掛かるため城を出ようと歩いていると、中庭が観える廊下で鋭い目をした巨軀を持つ男が待ち構えていた。

項羽だ。

「……」

「……」

無言で向かい合う田横と項羽。

お、重い……。空気が重いよ。押し潰されそうだよ……。

そんな俺の心を知ってか知らずか田横が口を開いた。

「……項羽将軍。此度の援軍、感謝する」

「本気で僅かな兵で我が前軍に加わる気か？　道案内などなくとも東阿には着ける」

田横の謝辞を無視し、項羽は言う。

項羽は悪意がある表情ではない。本気で心配しているようだ。

ただ言葉とタイミングがよくない。よくないっていうか最悪だぞ。

これでは見下しているようにしか聞こえん。

あぁ、ほら田横のこめかみがピクリと……。

「何万もの軍勢となると通れる道も限られる。真っ直ぐ進むだけとはいくまい。なに、足手まといにはならんよ」

田横の応えに腕を組む項羽。

「前軍に選ばれたのは楚軍の中でも精鋭中の精鋭。お主らが付いてこられるのか」

一言多いというか一言少ないというか……。

絶妙に嘲（あざけ）っているように聞こえる。もう一種の才能だな。

こめかみが盛大に脈動する田横は笑顔を作るが口の端を上げただけだ。

目が笑ってねぇ。

「……ふっ。誰かが突然殴りかかってこん限りは付いていけるだろうよ」

あぁ……言っちゃった。

「なに……？」

田横の一言で、項羽の顔が羞恥と怒りで一気に紅（あか）く染まる。

二人が近寄り、距離が縮まる。

「はい、待った！　そこまで！」

その分厚い胸と胸の間に、俺は飛び込むように割って入った。

「もう一度勝負するか……？　斉の熊よ」

「してやってもいいぞ……。楚の若造よ」

揉（も）めたら止める覚悟をしていたが嫌すぎる……。巨漢二人に挟まれて、威圧感だけで気絶しそうだ。

俺は二人の距離を離そうと両者の胸を押す。

「勝負はなしです……っ」

このっ……どちらも全然動かねぇ、壁かこれ。

城壁の隙間にでもいるのか俺。

「あの時は有耶無耶になったが今度こそ決着をつけてやる」

「有耶無耶にしたのはお主であろう」

更に縮まる二人の距離。

間で必死に押し返す俺。

潰れる！　押し潰される！　ペラペラになっちゃう！

あーくそっ、田横はなんで項羽に限ってこんな喧嘩っ早いんだ。

項羽がピンポイントで逆鱗に触れてきてんのか？

いつもの広い器を見せろよ。マジで相性最悪かよ。

「あ、あの時は名も知らぬ同士、ただの斉人と楚人の喧嘩」

とにかくここで争うのは駄目だ。

俺は両側から迫る壁の隙間から、必死に声を出す。

「しかし今は互いに名も身分も知り、多くの人の目があります。そんなところで将軍同士が勝った負けたとなっては兵にも影響が出ます。それどころか国同士にも」

漸く聞く耳を持ったのか、巨大な壁の圧力がやや緩まる。

おし、圧死からは解放されたぞ。

俺はふぅと安堵の息を漏らし、先ずは田横と向かい合う。

「横殿、これから東阿の救援に向かって頂くのです、その指揮官と揉めるなど善い訳ないでしょう」

「いや、しかしあやつの言は……」

「項羽将軍に悪意がないことは解っているでしょう。若さ故の言葉と、いつもの度量で受け流して下さい」

田横は、それは解っているが……と言葉に詰まる。

そして俺は項羽に向き直り、

「項羽将軍、憂慮されていることは解りますがこちらも将で国の使者。言葉にお気を付け下さい。余計な揉め事となりましょう」

「それは私の責では……」

「今まではそれで揉めることは少なかったでしょう。それは周りが項羽将軍のご性格を知っているからこそ。これから中原を駆け、将軍として立場ある人々と会合する機会も増えましょう。噂や評判で将軍の強さは伝わっても、語る言葉の真意までは伝わりませんよ」

項羽の顔が苦く歪む。心当たりがありそうだ。

「要らぬ誤解は、楚がこれから歩む道への妨げとなります。兵ほど巧みにとは言わないまでも、言葉も操らねばならない立場におられるとご自覚ください」

「くっ、范翁のようなことを……」

そして俺は二人を見渡し、

「とにかくこれから肩を並べて共闘するのです。足並みが揃わねば章邯に付け入られます。負けたくなければ、お二人ともご配慮を」

「くっ……」

「ぬう……」

二人が唸っていると、廊下の先から人の気配が近づいてきた。

それに気づいた項羽は、俺に向かって問う。

「お主、名は」

「田中と申します」

名を応えた俺を睨むように鋭い目を送り、それから田横へ向かって、

「田横将軍、足でまと……我らの行軍に遅れぬよう努めよ」

そう言い残し、去っていった。

言葉に配慮してそれかよ……。

去っていく項羽の背中にため息を吐いていると、近づいてきた男が声を掛けてきた。

「田横殿、田中」

その人物は警戒する心をすり抜け、いつのまにか懐に入られているような人好きする笑顔を湛えた男、劉邦であった。

項羽の次は劉邦か。もうお腹一杯なんだけどな……。

「今、項羽殿と揉めていたのか？」

劉邦は面白そうに聞いてくる。

このおっさんに知られたら、無駄に話が大きくなりそうだ。

「いえ別に。劉邦殿、楚の将になられたのですね」

強引に話題を変える俺の言葉に苦笑を浮かべ、劉邦は鬚を撫でる。

「まぁな。漸く勝ち馬の背に乗れたってところだ」

やや声を潜めてそう茶化す。

このまま楚の将として骨を埋める気なのか？　まだ項羽との確執がないからか、本気で言っているような気もするが。

このおっさんの本心は読めん……。

「そっちも苦労しているようだな。援軍の要請に来た高陵君とかいう使者が、項羽殿や武信君へ決死の覚悟で弁を振るったと聞いた」

高陵君。

あの物静かで上品な人がこんな風に言われるってことは、本当に必死で楚の援軍を取り付けてくれたんだな。

……次は俺も。うん、何かあったら俺もやる。必死で。

「して、その高陵君は盱眙（くい）へ？」

田横が劉邦に問う。

ここ亢父に高陵君の姿はない。

東阿に戻った使者は、高陵君が薛（せつ）から盱眙に向かうと言っていた。

「あぁ、楚王は盱眙に居（お）られると聞いて挨拶に行ったよ。まぁほら、形としてはあれだからな」

劉邦が言葉を濁して語る。

楚を復興させ、今の楚王を探しだしてその地位に就けたのは項梁だ。

軍権は項梁が握っているが、名目上の頭領は楚王だ。最終的には王が決定したことになるのだろう。

そのため高陵君は楚王の下まで向かったということか。

「お、そうだ。盱眙と言えばお前らに良くない知らせがある」

劉邦は思い出したかのように手を叩き、ニヤリと笑う。

良くない報を話すには不釣り合いの面白がっているような、悪そうな顔だ。

「俺達が薛から出発する頃、斉の旧王族が楚王を頼って盱眙に入ったと聞いた」

「なに!?」

田假、田安、田都達か！

俺達斉の主力が東阿の籠城で動けないのを好機とみて、臨淄を急襲したが蒙恬が追い払った。

その後の行方がわからなかったが、また他国に手を借りようとしてるのか……。

「楚王は受け入れたのですか？」

「武信君は何も言わなかったのか？　我らに援軍を送りながらそれを赦すのか？」

劉邦は俺達の矢継ぎ早の詰問を手で抑え、ニヤリと片頬を上げる。

「まぁ落ち着け。やはり因縁があるようだな」

何も言えない俺達の反応に、劉邦は満足気に頷いた。

「楚王からしてみれば旧時代の同じ王族。一昔前の尊い血を持つお仲間ってこった。武信君も他国のいざこざで楚王との関係を拗らせたくはなかろう」

田假達は斉最後の王の血族。

親近感を覚えて保護するのも無理はないか。

項梁からしても面倒事でしかない。

いや俺達に対していざという時に、囲っている方が益があるとみたのかもしれん。

「まぁまぁ、東阿を援けんことには内輪揉めもできんぜ。今は救援に集中するこった。ではな」

劉邦は田横の肩を叩き、去っていこうと振り返った。しかし何かを思い出して、こちらに顔を向け。

「これは貸しだぜ」

そうニヤリと憎めない笑みを残し、今度こそ離れていった。

……色々ややこしいことになってきた。しかし劉邦の言う通り、今は東阿の救援が最優先だ。

田栄達を救えんことには相談もできん。

田横は俺の肩を軽く叩き、足早に歩き始めた。

「今は東阿へ向かう準備を整えよう」

その言葉に頷き、俺は大きな背中を追った。


章邯による反乱鎮圧は、表向きには順調に進んでいた。

魏の首都臨済（りんさい）を囲み、魏王咎（きゅう）を自決に追い込んだ。

その援軍に向かってきた斉王も奇襲で討ち、追撃で主力軍は東阿の城に押し込んだ。

粘り強く籠城しているが落城は時間の問題であろう。

頭を失い、主力の軍も壊滅となれば斉は枯れた木のように容易く倒壊するだろう。

――魏、斉の次は張耳と陳余が強かに抵抗を続ける趙か。

魏国内の掃討に回りながら章邯は次の標的を探していた。


しかしその内情では様々な問題を抱えている。

一つは兵の問題。

最初から付き従っている罪人や奴隷上がりの兵達は幾多の戦闘を経験し、今やどこに出しても恥ずかしくない強兵となった。

激闘を共に乗り越え、自信と誇りを持ち始めた彼らは仲間意識が強い。実際、その仲間を想う気力が強さに繋がっている。

だがその仲間意識ゆえに、増員される新兵と馴染まない。

新兵の方も募兵、徴兵で集められた市民であり、この古参の兵達を未だ罪人、奴隷という目で見る者がいる。

古い革の穴に新たな革で継ぎ接ぎしたような兵達。

訓練などで多くの時を共有させればやがて馴染むであろうが、今現在そのような悠長な時はない。

互いに肚に暗い物を抱えている中で、実戦に投入しなければならない。

そしてもう一つ。

戦い続ける章邯の後方、彼を支えるべき咸陽の宮廷はより不穏さを増しているようである。

新兵の増員や輜重を要請しながら、その人脈を活かし宮廷の情報を集める司馬欣から度々文が届く。

ここにきて宦官趙高が丞相李斯派の者を排除する動きがあるようだ。

毒蛇がまた動き始めた。

──いよいよ秦の表裏共に支配しようというのか。

司馬欣からの文に目を通した章邯は舌打ちしたい気持ちを抑え、東に向かわせていた斥候の一人を部屋へ迎えた。

この斥候は驪山罪人上がりではなく元々軍属であり、その斥候能力の高さと弩の扱いの上手さを買われ章邯自ら咸陽の守備隊から引き抜いた。

ただ弩に対する執着心が強く、顔を合わせる度に、

「現場での応急処置では限界があります。一度咸陽の工房で調整をさせて頂きたい」

と口煩く要請してくる。

「わかっている。工房で新たな弩を造らせている。今に補給が来るだろう」

そう応えても『手に馴染んだ弩でないと……』『工房の者と相談しながら改良を……』と引き下がらない斥候を、のらりくらりと躱しながら部屋から追い出す。

そろそろ一度、咸陽に戻り兵を休ませたい気持ちもある。

しかし咸陽からは『引き続き賊を討伐せよ』

と漠然とした命があるだけで帰還の命は出ない。

仮にそのような命が出たとしても章邯は鎮圧の最中だとか、周辺の守備に不安が残るだとか、何かしら理由を付けて拒否するだろう。

章邯が戻れば適当な罪を着せられ軍権を他の者に奪われる可能性が高い。

あの蛇の息のかかった者に。

——勝ち過ぎた。誰もが無視できぬほどの功績を挙げ過ぎた。

それは現在の秦では、妬(ねた)みや権力欲の渦巻く宮廷では、手放しに喜べることではない。

——しかし負けるわけにはいかぬ。

国家の存亡、兵の命、そして何より己の証明。

章邯は戦場に出て自身の内側に隠されていた顕示欲(けんじよく)を自覚した。

「我ながら俗物だな」

斥候の去った部屋で独り、そう自嘲した。

「楚の中心人物である項梁が、東阿に籠る田栄の救援に向かうという」

弩好きの斥候の報を受けた後、章邯は部下を集めた。

「陳勝の残党をまとめ、周辺の小勢力も次々に吸収し、楚王の末裔を擁立した男だ。そしてあの周文の主、項燕の子でもある。ならば周文以上と見積もっていた方がよい」

　今のところ章邯にとって、最大の難敵であったのは項燕の属官であったという張楚の周文である。

　項燕の子がその兵法を学んでいないとは考えにくい。

「兵が互角以上のうちに一度叩いておきたい」

　楚王は領地の奥へ引っ込んだようだが、国を支える柱は明らかに項梁である。

「上手くすればその柱を倒せるかもしれん。柱を倒せば家は自ずと倒れ、中の鼠も四散五裂し再び大きく集結することはあるまい」

　そうなれば残る目立った勢力は趙だけということになる。

　その趙も補給路は確保できており、先日の援軍もあって王離軍が有利に事を進めている。

「あちらが巣穴から出てきてくれるなら、この機に狩るのが最善。江水の向こうに逃げられれば面倒だしな」

　――どちらにしてもそのうち江水は渡らねばならんか。

　心でそうため息を吐いていると、

「では、東阿の包囲軍と合流して迎え撃ちますか？」

　部下の一人が尋ねてくる。

「いや、楚が真に斉を援けるために東阿を目指すかは未だ疑問が残る。突然軍を西に向ける可能性がない訳ではないからな」

そう言って章邯は机上の地図を指差す。

「我らは西への侵攻を抑えつつ北上するなら背後を突けるよう、先ずは城陽(じょうよう)へ向かう」

地図上の指が城陽から東阿へ弧を描いた。

その動きを見ながらまた他の部下が意見を述べる。

「しかし魏国の守りに兵を割かねばなりません。やや兵数に不安があります」

「大丈夫だ。三川(さんせん)郡に援軍を要請する。郡守の李由(りゆう)殿も手柄を挙げねば危うい立場だ。嫌とは言うまいよ」

以前、三川郡は陳勝の軍に郡都滎陽(けいよう)を包囲され、落城を座して待つしかないところを章邯に助けられた。

郡守の李由は、章邯に感謝と、父である丞相李斯の派閥に取り込もうという思惑のもと、城門の前まで迎え出るほどの歓待を見せた。

しかし章邯は宮殿での権力争いに巻き込まれまいとその歓待を断り、休息もせず滎陽を後にした過去がある。李由にしてみれば最大限の謝意を袖にされ、章邯を腹立たしく思っていることは想像に難くない。

が、ここ最近の李由の評価は芳しくない。

陳勝の軍を相手に城に籠りっきりで助けられ、また最近では項羽の軍を素通りさせ襄城が略奪された。

そしてここにきての趙高派の、父李斯排除の動き。

ここで章邯に協力し手柄の一端でも担わなければ、自身の失策がその排除の一因として利用されると危機感を募らせていることだろう。

「四万ほど援軍を要請すれば、二万は寄越すだろう。それで魏の守りに割く兵数は補填できよう」

章邯は皮肉な笑みを浮かべた後、部下を見回す。

「さて、項梁の行軍は速いともっぱらの噂だ。準備が整い次第城陽へ急ぐぞ。東阿の軍は城の包囲に最低限を残し、南からの楚軍を迎え撃てる地にて陣を張るよう伝えよ」

章邯はそう言い、部下達を解散させた。

章邯の予想通り、李由が寄越した二万程の援軍と合流し城陽へ到着する頃、項梁率いる楚軍によって亢父が陥落したと報が入った。

――ここから奴らがどう動くか。

章邯は城陽でその眠たげな目を見開き、楚軍の動きを注視する。

やがて亢父の楚軍が東阿へ向けて出発し始めた。

章邯もそれに合わせ城陽を出、楚軍の後ろに付くべく軍を北に進めた。

しかし続いて入ってきた報が章邯を迷わせる。

亢父を出たのは前軍のみ。龍且を先陣としたおよそ五万。

項梁がいるであろう後軍は亢父に留(とど)まったままだという。

章邯は進軍を止め、項梁が亢父に残る意味を考えた。

――挟撃狙いか？

それにしてはあからさま過ぎる。

――ならば亢父から動かぬか、それとも項梁軍のみで西へ向かうつもりか。どちらにしても軍を分けるのは悪手だろう。

項梁軍が亢父に籠るつもりなら進路を変え、亢父を攻めればよい。西に向かうなら軍を翻(ひるがえ)して、東に向かい正面からあたる。

――項燕の子と買い被(かぶ)り過ぎたか。

亢父に残る兵はおよそ五万。

十万対五万であれば勝利ばかりか項梁の首を狙える。

北に向かった前軍も五万。

東阿の軍も包囲戦でいくらか減ってはいるが十万近くは残っている。

――どちらにしても前軍が戻って来られぬほど進んだ後、動けばよい。しかし……。

何か腑に落ちぬものを感じながらもそう結論付けた章邯は、城陽の東にある鉅野沢と呼ばれる大湖に沿ってゆっくりと北上し、東阿に向かった楚の前軍に多くの斥候を放った。


前軍が出発して三日目の朝、漸く項梁の軍が動いた。

北へ向けてゆっくりと進軍を始めたのである。

その数およそ四万。一万を亢父の守備に残したようだ。

――なぜ今更北へ？　何か問題が生じて出発が遅れたのか……？

いずれにしても好機である。

現在、鉅野沢の西にいる章邯はこの大湖をぐるりと南に回らねば項梁の背後には回れない。

流石にそれでは時が掛かり過ぎ、前軍と合流されてしまうだろう。

――ならば数の優位で正面から叩き潰す。

楚の前軍はすでに引き返せる距離ではない。反転すれば東阿の迎撃軍が背中を襲う。

――行軍の速さが仇となったな。

鉅野沢の対岸を北へ向かう項梁軍に合わせ、章邯も北へ。

そして先行した章邯の軍は、大軍が展開できる場所を選び歩みの遅い項梁軍を待ち構えた。


項梁軍のあまりの遅さに待ち構える章邯軍の余裕が焦りに変わり始めた夜、項梁軍が漸く姿を現した。

「現れたと思えば……あれか」

対陣する章邯軍を前に項梁軍は遠めに構え、あからさまに守りの陣を敷いている。

しかし、章邯軍と項梁軍の兵数の差は明らか。夜襲さえ警戒し、明日の朝を待って正面から衝突すればまず勝利は間違いないだろう。

守勢に回ろうとも滅びの時が延びるのみ。逆転の余地はない。

「……何かを待っているのか？　まさかな」

あり得ぬと否定し続ける予想が頭から離れない章邯の下に、そのあり得ぬ報が届く。

楚の先行する前軍に付けた斥候の一人が青い顔で転がるように駆け寄ってきた。

「と、東阿の軍は楚の前軍によって壊滅！　前軍はそのまま反転し、既に我が軍の後方に迫っております！」

「なっ……！」

亢父から東阿まで通常の行軍で十日。強行軍でも六日はかかる。

あの前軍が亢父を出て、今日は九日目である。

「その間に東阿に着き、数で勝る迎撃の軍を降(くだ)し、そしてこちらに折り返したというのか!?」

章邯は普段からは想像もできぬ形相と大声で斥候に詰め寄った。

無茶苦茶しんどい……。

亢父から項羽達の軍と出発した俺達、斉の軍団は互いに励ます気力もないほど消耗していた。

「東阿まで駆けるぞ」

亢父から東阿までおよそ四百里【※13】。

二日間駆けて、一日休息。

また二日駆け続けた。

楚軍から借り受けた馬車に乗る俺達や騎馬はまだいいが、歩兵達は声もなくただ荒い息だけがこだまする。

その場に倒れこむ兵が何人か出てきた。

田横や俺に代わり馬車に乗せて休ませたりはしたが、その数は増え続け、

「後で追ってこい。待っておるぞ」

田横は言葉を残し、置いていくしかなかった。

楚の歩兵達は全員マラソン選手かと思うほど、速度も一定に進んでいる。

それを横目に見ながら、辛さを誤魔化すように物思いにふける。

【※13】里。古代中国の距離の単位。一里＝約400m。現代の日本では一里＝約4km。

中華南部に住む楚人は中華の中心部、所謂中原の人に比べて背が低く、体つきも細い。

細いといっても貧弱ということではなく、引き締まっているという感じだ。

長距離走とかに向いている人種なのか。

それから食べ物。南部の人はこの時代でも米が主食だそうで北部は粟や麦だ。

なんとなく米食の方が持久力がある気がする。

まぁ、俺は研究者でも何でもないからあくまでそんな印象というだけだが。

後は国民性か。聞いた話だと楚人は良くいえば情熱的で、悪くいえば執念深いらしい。

『家が三軒になっても秦を滅ぼすのは楚人だ』

なんて詩もあるらしく、秦に対する怨みは相当に深い。

最初に反乱を起こした陳勝達も楚人の集まりだったもんな。

そんなとりとめもないことがポツポツと浮かんでは消える。


自分の呼吸の音を煩く感じ、どうでもいい考えが余計にまとまらない中、馬車を牽く。

そ、そろそろ歩くの代わって欲しいなぁ……。

馬車の中でへばっている兵をチラチラ見ていると、急に停止の命が出て行軍が止まった。

おお、休憩か……。助かる……。

しかしそれは休憩ではなかったようで、先陣の龍且から各将へ伝令が走る。

斥候が東阿の近くに、秦軍が陣を張っているのを発見したようだ。

「あちらはまだ気づいておらん。捕捉される前にこのまま襲いかかる」

将が集まり、項羽がそう宣言する。

兵を休めなくて大丈夫か？　疲れて戦えないんじゃないのか。

「下手に休めば疲れが出る。まだ来ぬと、たかをくくって油断しているところを突いた方が崩しやすい」

……一理あるか。

「先陣の龍且は敵陣を駆け、後方まで突き抜けよ。黥布はその支援と裂けた陣の傷口を拡げよ。乱れたところに私と劉邦殿で突っ込む。田横将軍は……」

次々に指示を出す項羽。最後に田横へ顔を向け、問い掛ける。

その表情は、

『お前はどうする。後ろで観ておくか？』

と挑発しているようにも見える。

男らしいイケメンだが、見下す表情が憎たらしい。損してるぞ。

「龍且殿に付き、共に先陣を駆けたく」

田横は引き締まった表情で応える。

挑発に乗った風ではなく、最初から決めていたようだ。

「大丈夫かい？　斉の兵達はこの行軍で相当へばっているだろう」

劉邦が流石に茶化した皮肉ではなく、真面目に懸念を示す。

足並みが揃わねば軍全体に影響が出る。

田横はその不安を否定する。

「確かに慣れない強行で俺達は疲れているが、斉の存続がかかっている戦いだ。ここで後ろに隠れている訳にはいかん」

項羽は少し考えた後、意外にもすんなり許可を出した。

「よかろう。我らの兵でも幾らか脱落者が出るほどの行軍を付いてきた。その気力は体力を凌駕し敵を打ち倒す力となるだろう。先陣に付いて頂く」

そしてやはり一言続けた。

「しかし、気力は漲っておっても少数。龍且に従い、陣を乱さぬよう」

無意識の癖はすぐには直らないよな。

しかし田横は、その一つ多い言葉にも力強く頷き、軍議の場を後にした。

斉兵の下へ戻る途中、田横は付き従っていた俺に振り向いた。

「中、兵達の士気を上げられんか。疲れが吹き飛ぶような励ましがほしいな」

んな無茶ぶりを……しかし、まぁそうだな。

「うーん、こんな感じで……」

俺は田横に向かい、激励の演説のようなことを語った。

「ふむ。さすがだが、ちと大言すぎるというか、格好付け過ぎではないか？」

たしかにクサい文言だと思うが……それより、

「何を語るか以上に誰が語るかが大切かと思います。私が語るより横殿の言葉の方が効果的でしょう。横殿が語って下さい。あと皆の前で語る言葉なんて大げさで、格好つけるくらいで丁度いいもんです。なにより格好つけの田横殿には丁度いい」

ふん、と一つ息を漏らし田横は顎を擦る。

「そういうもんか」

「そういうもんです」


東阿を囲む秦兵への攻撃を控え、田横は二千の斉兵の前に立った。

「皆、聞け。これより我らは龍且将軍と共に先陣として秦軍を攻める」

兵達は静かだ。

それは疲れからか、それとも恐れからか。

彼らの長、田解(でんかい)の表情も硬い。

「国を担い、国を守る人々が東阿に閉じ込められている。東阿が抜かれれば臨淄(りんし)に残る戦力では秦軍に抗うことはできぬだろう」

そんな俯く彼らをゆっくりと見回し、田横は語り始めた。

低く心地好い声が響く。

「秦の支配の鎖を断ち切り、斉の国を再び建てた斉王は友国を救おうと義を抱きながら討たれた」

田横の眼差しに一瞬影が差すがすぐに表情を和らげ、話を続ける。

「俺はそんな斉王を、従兄を誇りに思う。そしてその義の行いがこの援軍を呼んだのだ。義が繋いだ援軍だ……我らはその援軍に全てを任せて傍観しておればよいのか」

顔がぽつりぽつりと上がり始めた。

「我らの国なのだ。我らが国を救う英雄にならねばならん」

『英雄』の言葉が、前を向く人数を増やす。

「我らは木々を掻き分け城陽を探り、土埃にまみれながら亢父の援軍と合流し、足が折れるほどの常外の行軍に耐え、ここにいる」

博陽を出てからは満足な寝食も取れず、とにかく大変な行程だった。

「今、この時のためだ」

田横の声が熱を帯び、握った拳が兵達に向かって開かれる。

「こうして東阿へ援軍を連れてきたということに自信を持て。そしてその苦労を共にした我らの

結束は秦兵の及ぶところではない」

今度は表情を確かめるように、顔の上がった兵達を再び見回す。

「斉王の無念を知る者達を救い、再び斉を輝かせるため。先ずは援軍と共に眼前の秦軍を蹴散らし、我ら救国の英雄となる」

兵達は静かなままだ。

しかしその沈黙は先ほどとは違い、田横の熱が伝播し表情の乏しかった兵達の顔を赤く染めていた。

その想いを背に、田解が前に進み出て力強く胸の前で手を組む。

「我ら二千、英雄譚の一節に加えさせて頂きたく、将軍の剣となり盾となりましょう」

疲れと恐れを、決意と覚悟に変えた兵達はその田解の言葉と共に、一斉に拱手した。

「さすがの求心力でしたね。皆の気力が満ちていくのが見えるようでした」

俺は楚に借り受けた戦車で戦闘準備に入る田横に話し掛けた。

「お主の言葉を借りたからな」

田横はホッとしたように笑った。

兵達の士気が上がり、安心したようだ。

「横殿の声であったからこその言葉かと」

俺が話してもああはいかんだろう。田横のカリスマ性があって初めて活きる演説だろうな。

「ふむ。……言葉を借り、声を貸す。悪くないと思わんか」

田横はふと気が付いたようにそう呟き、ニコリと温かな笑顔をこちらに向けた。

「まだ相手は整っておらぬ！　行くぞ！」

楚軍先陣の将、龍且の掛け声に太鼓が打ちならされ、歩兵が大地を踏み鳴らす。

騎兵や戦車も地を叩き土煙を上げて、敵陣目掛けて放たれた矢のように駆ける。

そして、その中に俺もいた。

田横の戦車の御者として。

うん、場違い感が半端ない。

あと怖い。

スゲー怖い！

やっぱり断ればよかった……！

戦闘では足手まといの俺は、どこにいるべきか思案していた。

やっぱ生き残るには、歩兵隊の後ろの方でコソコソしてる他ないか。

なんかそれも迷惑になりそうだが……。

確か先陣の俺達が穴を開けて、後ろから黥布の部隊が詰めるんだよな。

グズグズしてたら後ろから味方の馬に轢かれる気もするな……。

「中、お主が俺の御者だぞ。気を入れろよ」

そう言って、オロオロ迷っていた俺を田横が呼び止めた。

え？

「今、俺を除いた中ではお主が一番馬の扱いが上手い。普通の兵より遥かに御車経験は多いからな」

確かに一般の兵よりは馬に触れる機会は多かった。

いろんな場所を巡り、その度に馬に跨るか馬車を御していたが……。

「しかし……」

戦闘となれば勝手が違うだろう。

……俺で大丈夫なのか？

下手を打てば、俺だけじゃなくて田横も危険に晒すことになる。

「俺は弓を引き、戟を振るわねばならん。お主の御する馬車なら癖もわかるので戦いやすいということもある」

最前線ってやつですか……？

しかし後ろでチョロチョロしてるより、田横の側で指示通り動いている方が皆の邪魔にならないかもしれん……。

今さら己の身の安全を気にするのは情けないし嫌になるが、それでも俺は死にたくない。

待ってくれてる人がいて、漠然としているが目標もある。

いや……皆、それはそうか。

兵達にも待ってる人がいて。

この先の目標があって。

死にたくなくて。

それでも戦っているんだよな。

俺だけじゃないよな。

——役に立てることがあるなら役立ちたい。

そう思ってあの時、東阿から田横に付いてきたんじゃないか。

俺の御車が他のことよりマシなら、……やるしかない。

……あと田横の側の方が安全かもしれんしな。

「……指示くださいよ？」

青い顔で承諾する俺に田横は、

「おう、逐一指図してやろう。こちらの命もかかっているからな」

と豪胆な笑顔で俺の胸を叩いた。


そんな訳で俺は前線真っ只中で戦車を走らせている。

眼前に迫る秦軍から矢が放たれ、所々で悲鳴があがるが、楚軍の歩みは止まらない。逆に速度を上げて秦軍へと突き進む。

待ち構える秦軍はまるで防波堤のように厚く固く見える。

しかし、まだ来るはずもない楚軍が現れたことに動揺があるのか、その場に留まりこちらへ向かってくる様子はない。

「龍且軍に遅れるな！　速度を上げろ！」

俺への指示なのか、斉兵達への指示なのか。

田横の大声が響き渡る。

龍且軍の太鼓に合わせ、そこに組み込まれた斉兵達も地を蹴る。

丘を走る津波のように騎馬隊を先頭に秦軍へ衝突した。

その波は強固に見えた堤の一部を破り、あっという間に浸食していく。

「中！　行くぞ！」

その様子を、手綱を握りしめて見ていた俺は田横の声に我に返る。

「あの綻(ほころ)びへ突っ込め！」

田横が指示すると同時に龍且軍の戦車も、その傷口を拡げるべく敵陣に飛び込んで行く。

俺も手綱を引くが、馬は言うことを聞かない。

慌ててもう一度力を込めて手綱を引き、馬を導く。

馬が興奮して指示が伝わりにくいのか、それとも俺が浮き足だって力が入っていないだけか。

「くそっ……！」

俺は誰にも聞こえないように小さく叫び、歯を食いしばって手綱を握り直した。

秦軍を切り裂いた龍且軍の騎馬と戦車は、その陣中を駆け抜ける。

そこへ歩兵が続き、さらに項羽と劉邦が裂かれた陣へ突撃して、混乱に陥れるはずである。

「中！　速すぎる！　龍且殿の馬車と合わせろ！」

焦って突出しそうになる俺へ、戟を振るう田横から指示が飛ぶ。

すれ違う敵に田横の戟が振るわれ、伝わる衝撃に手綱を弛(ゆる)めてしまっていた。

また慌てて手綱に力を込める。

「くっ、すみません！」

周りはもちろん、後ろの戦況を見る余裕はない。

思わず謝罪する俺に、

「逐一指示を出すと言った！　それにそう悪くはない！　そして戦況は悪くないどころか怖いく

らいの優位だ！」

田横の大声が返ってくる。

戦況は数で劣る楚軍が圧倒しているようだ。


「楚兵一人で秦兵三人分だ」

と項羽は開戦前に嘯いていたが……本当に強い。

歴史的にも項羽だけは数の優位など関係なく、少数で何倍もの兵相手に勝っていたと義兄が興奮気味に語っていたが、今それを目の当たりにしているんだな。

陣を突き抜けた龍且軍は、大きく廻ってまた秦軍へ突撃しようとしている。

この龍且って人物も俺の記憶にないだけで多分凄い将なんだろう。細かな指示は出さず、それでいて楚兵の激情を上手く誘導している感じだ。

「俺達も再び突っ込むぞ」

田横の指示に俺は手綱を握った手の甲で、自分の頬を叩いた。

「はっ」

そして改めて手綱を振った。

これで田栄達が救われるんだ。

もう一踏ん張りだ。

戦いの波の中へ再び潜る。

陣を割られ細かく分断された秦軍は、蜘蛛が足掻いて手足を振り回しているようにあらゆる方向へ伸びていく。

その足掻きすら許さぬとばかりに楚軍は指揮の届かぬ秦兵を散らせる。

「あそこだ！　あの集団が指揮官だ！」

砂塵の舞う中、田横の指した方向にやや大きな集団が見えた。

戦車を守るように半円に陣を組み、戟を振りながらジリジリと退いている。

「龍且殿！」

田横は大声で隣を走る龍且を呼び、空に掲げた戟を集団へ指し示した。

龍且は、その戟の先を認めるとこちらを向いて頷く。

「行くぞ！」

並走する二台の戦車。

龍且も戟を集団に定めると、龍且の騎馬隊が二人の戟を追い越す。

龍且の戟を通して、意志が伝わっている。

よく訓練された騎馬隊に感心してしまう。

騎馬隊が円の守りを剝ぎ取るように駆け抜け、中心の戦車が露わになった。

「中、突き進め！」

「う、うぉいやぁ！」

田横の掛け声に裏返った気合いの言葉で応え、馬を敵の指揮官目掛けて突っ込む。

交錯する戦車。

「おう！」

田横の戟が御者を吹き飛ばし、指揮官の戦車が横転する。

投げ出された指揮官は体勢を立て直す暇もなく、続く龍且の戟が駆け抜け、その首は空を舞った。

「龍且殿、お見事！」

「お前達の将は討たれた！　さぁ、坑（う）められたくなくば逃げろ！」

龍且の戟に首が掲げられ、脅迫の怒声が響き渡る。

そのエグい脅迫は一目瞭然の効果で、楚軍の襄城（じょうじょう）での行いを知っている者にはただの脅しではない。

龍且は項羽の悪名を上手く使っている。

頭を失い、霧散する秦軍。

龍且の言葉は楚兵全体に拡がり、戦場のあちらこちらで繰り返される。

武器のぶつかり合う音、敵味方入り交じっていた怒声が次第に味方の勝鬨（かちどき）に変わっていく。

やがて戦場が落ち着きだした頃、追撃をかけようと龍且は配下を集めていた。

「追撃は不要」

いつの間にか現れた項羽が追撃を止める。

「龍且と田横将軍は休息の後、東阿城に向かわれよ。迎撃の軍が討たれ動揺する今が好機。内外から一斉に攻め、城を解放せられよ」

「項羽将軍は」

田横が訊ねる。

「私と劉邦殿はここから軍を返し、叔父上の下へ向かう。大魚が釣れているかもしれん」

……章邯か。

釣れていなくても兵数が心許ない項梁と合流した方がいいか。

いや、東阿の秦軍が討たれたことを喧伝し、動揺する章邯軍に攻め込むつもりか。

どちらにしても。

常軌を逸する体力と機動力、恐れを知らない精神力、指揮の巧みさ。

この楚軍は普通じゃない。

……。

………。

いつか、この……。

項羽率いるこの楚軍と戦わなきゃならない時が来るのだろうか。


短い休息を終え、俺達は東阿城を目指す。

「これで兄上たちを救える。中、なかなかの御車だったぞ。……どうした？」

未来の強大な敵を想い、大勝の喜びに浸れずにいる俺を田横は訝しむ。

今、尋ねるべきではないかもしれんが……。

「楚軍の強さ……。あれが敵になった時、俺達は対抗できるでしょうか」

俺は思わず尋ねた。

周りの楚軍に聞かれぬよう声を落としたが、気持ちが焦ってか思いの外大きな声になった気がしてドキリとする。

田横は俺の言葉に真剣な眼差しを寄せ、

「確かに並はずれた強さだが、今は頼りになる援軍だ。この勝利は彼らのお陰だ」

俺が頭を下げると、田横は顔を寄せて低く呟く。

「申し訳ありません。水を差すようなことを」

「俺もそれを考えていない訳ではないさ。並はずれていようとも人は人。戦いようはある」

田横の小声に俺は驚き、見返す。

「と思う。実際に戦わんことにはわからんがな。それより今は兄上たちだ。彼らにはもうひと働き、頼るとしよう」

ニヒルに片頬を上げた表情が何とも似合う。

そうだな……。

いつかは争わねばならないかもしれないが、それは今じゃない。

それに争わずにすむ未来もあるかもしれない。

このまま友好的な関係を続けられるよう、なんとかしたいな。

私と劉邦殿は東阿の秦軍を打ち倒した後、反転し行きと同じ速度で戻っている。

もうすぐ章邯の背中を捉えることができる。

流石にもう気付かれているだろうが、章邯は退くだろうかそれとも戦うだろうか。

交戦を選ぶならば、決死の覚悟で南の叔父上の軍に突っ込み活路を開くだろう。

叔父上には伝令を飛ばし警戒を促した。

守りに徹し、少しの時を稼いで下さればそれこそ我らの餌食。

背後から襲い壊滅に追い込み、章邯の首は我が戟の刃の上に乗るだろう。

西に退いても、我らの速度ならその尾を踏むことができる。

秦兵には、項羽の名を聞けば逃げ出すようになるほどの悪夢をくれてやる。

それにしても。

田横将軍率いる斉兵には少し驚いた。

祖国のためとはいえ、我ら楚軍でも辛い高速の行軍に耐え、数に勝る秦軍相手によく戦った。

田横将軍を中心に一丸となったあの結束力、無視できるものではない。

将軍はあの田中という貧弱な男に御者を任せていたが、戦馬車の扱いは上手かった。

意外である。

頭だけの口煩い男かと思ったが、なかなか度胸もあるようだ。

そういえば、反論を許さぬ口調で私に意見してきたな。

ああいう范増翁のように厳しい正論の中に優しさを含ませる物言いは怒るに怒れん。

苦手……かもしれん。

東阿の秦軍を破った後、彼らとは別れ龍且と共に東阿城へ向かわせた。

城を囲む残りの秦兵も、内外から攻めれば蜘蛛の子を散らすように逃げ出すだろう。

これで斉も政の中枢が動きを取り戻し、斉王を喪った混乱から回復へ向かうだろう。

斉王といえば、こちらに断りもなく盱眙で斉の旧王族を保護したと耳にしたが、楚王はどういうつもりなのか？

叔父上が何も仰らないということは、捨て置いてよいとの考えか。それとも手札として置いておくつもりで黙っているのか。

近頃、盱眙の旧貴族どもが宋義を中心に独自に動いている節がある。

叔父上は軍権を犯さぬ限り放っておくと言ってはいるが、恩を忘れ我らを蔑ろにするようなことになれば、私が……。

私の眉がつり上がり機嫌が悪いと勘違いしたのか、青い顔の伝令が遠慮がちに報告を伝えてきた。

どうやら奴等は陣を纏め直し、西への撤退を選んだようだ。

秦軍の肝、章邯を生かすならそれが順当だろう。

我が兵達の疲労も限界が近い。

素早く追い、素早く倒す。

私の弓は逃げる章邯の胸に届くか、否か。

「章邯は今や逃げる鹿だ。我らは虎狼の如く、それを追うぞ」

第15章 旅立ち

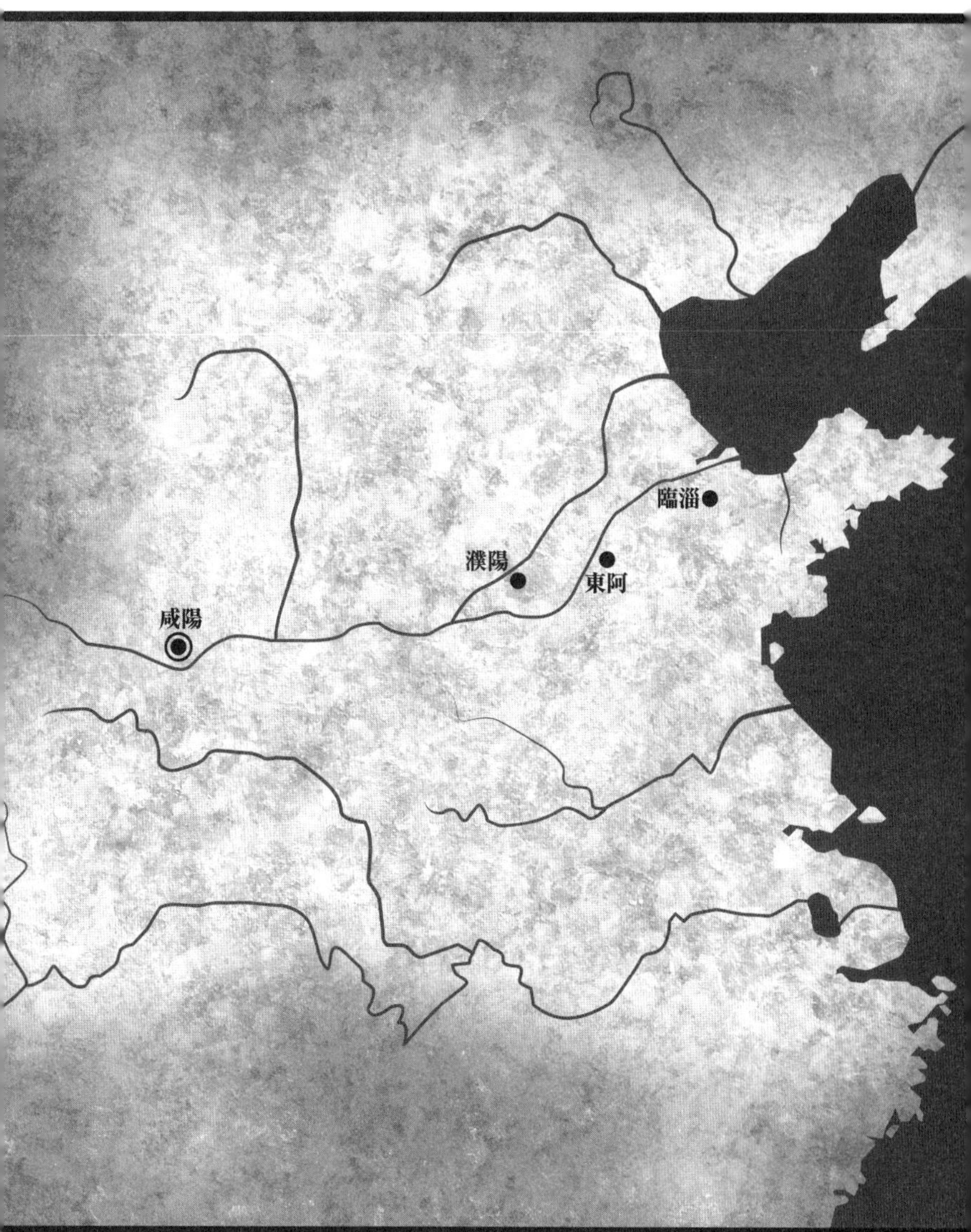

――いつかは。

――勝ち続けるしかないとはいえ、全ての戦に勝てるとは思ってはいなかったが。

――ここで敗けるか。

章邯は退却する戦車の上で臍を噬んだ。

亢父の項梁軍と東阿から引き返してきた項羽軍に挟撃の形を作られた章邯は僅かの間、逡巡した。

――私が命を懸けるのは失わぬための戦いではなく、何かを得るための戦いが善い。

迷いが命取りになると素早く判断した章邯であったが、その一瞬の逡巡すら許さぬ者がいる。

「敵の追撃が迫っております！」

臆病な狗のように腰の引けた項梁の軍が、今や虎の如く追いかけてくる。

そして驚くべきことに、後方から迫っていた項羽の軍もその勢いのまま追ってきている。

「東阿で一戦交えて来たのだろう……くそっ、楚兵の足は狩った猪の足とでも取り換えたのか！」

章邯の罵声は頭上の厚い雲に阻まれ、迫る楚軍には届かない。

林でもあれば弩兵を潜ませることができようが、大軍が通る道。広く開けた風景が続く。

やがて殿軍が捉えられたと報告が入り、章邯の強く噛み締めた唇から血が流れた。

殿軍の命を犠牲に時を稼いだ。

その時を使っても態勢を整える暇はないと判断した章邯は、

「濮陽まで退く！　駆け続けよ！」

鉅野沢の北で挟撃された章邯は南西の城陽へは退かず、掌握した魏国内や趙を攻めている王離からの増援を考え、ここから真西の濮陽を選んだ。

連戦連勝であった章邯の初めての敗北。

これによって活発に動き出すのは、各地の反逆者達だけではない。

章邯が警戒しなければならないのは、目の前の敵だけではないのだ。

――宮中の蛇が動き出す前に、この敗北を取り戻さねばならん。

昼夜問わず濮陽へ駆ける章邯は、反撃のための思考を巡らし続けた。

章邯を追いに追った項羽軍だが、さすがに連日連夜の強行軍に限界を迎え、濮陽までは追いきれず、その足を止めた。

しかし項梁軍と合流した項羽達は、この流れを止める手はないと話し合う。

「今が攻める好機」

自身の献策が見事にはまった項羽は気も充実し、疲れも知らずにさらなる攻勢を提言する。

軍議の場が小で大を討った達成感と項羽の覇気に支配される。

その熱は、自身が兵を率いて章邯を追撃し感じた手応えと相まって、項梁の慎重という鎧を脱がす。

「まずは十分な休息を取る。その後項羽、劉邦は城陽を獲れ。黥布は私と共に定陶を攻めよ」

「はっ」

――項羽は手元に置くより自由にやらせた方が善い。

再び軍を分けるという項梁の命に、諸将の腹の底からの応答が熱波のように空気を震わせた。

陳勝、呉広が創った反乱の炎は、章邯によってこのまま消されていくかにみえたが、項梁という火種を手に入れ再び燃え上がろうとしていた。

しかしその火種ですら、次の時代の主を照らすための物でしかなかった。

東阿を囲む秦軍は、俺達が姿を現すと激しく動揺したようだ。

日数、勝敗、全てが裏切られ、目に見えて慌ただしく誰（だれ）もが陣の中を駆け巡っている。

東阿城に近付く無数の楚の旗、そして一つだけ掲げられた斉（せい）の旗。

秦軍に囲まれた城壁の上でもそれを認めたのだろう、遠目に見える兵から声が上がる。

「田横（でんおう）将軍」

龍且（りょうしょ）に促された田横は先頭に進み出、旗持ちの兵から受け取った斉の旗を天高く掲げ、大きく振った。

城壁の上に立つ兵が、次々に増えていく。

「東阿の兵よ！　よくぞ耐えた！　お主達を縛る秦の鎖はここに残る奴（やつ）らのみだ！」

田横は振っていた旗を前方に傾け、空を震わす大声で秦兵を指す。

聞こえているのかどうかわからないが、その田横の姿を見て城壁に立つ兵達から一際大きな歓声が上がった。

「全軍前進」

龍且の太い声が響き、太鼓が打ち鳴らされた。

対する秦軍は、城に向けていた陣形を必死に転換しようとするが間に合うはずもない。

不十分な陣形に龍且と楚兵は鋭い槍（やり）となって突き進む。

鎧袖一触（がいしゅういっしょく）とはこのことか。

草木を刈り取るように秦兵は倒れていく。

城に籠る斉兵が、待ちに待ったその好機を見逃すはずがない。

城の門が開き、雪崩れ出る兵達。

今までの籠城で溜め込んだ鬱憤を、全て手に持つ武器に込めて敵にぶつける。

速攻の巧みな龍且軍と、最後の力を振り絞る斉兵に挟撃されることとなった秦の包囲軍は、さしたる時も掛からず駆逐された。

生き残った秦兵も攻城兵器もそのままに、定まらぬ方向へ逃れていく。

東阿の兵達が歓声を上げる。

耐えきった。

守り抜いた。

助かった。

その想いが叫びとなって、空と大地にこだました。


「横！」

俺達が東阿の兵達の勝鬨の声の中を進むと、城門の前に田栄が待っていた。

俺達が東阿から抜け出た時より一層やつれたように見えるが、その瞳には喜びと安堵の光を湛えていた。

「兄上！」

互いの腕を取り合い、しっかりと頷き合う兄弟。

「よくぞやってくれた」

「兄上こそよくぞ耐えられた」

田栄の賛辞に首を振り、田横は兄を称える。

じっと堪え忍ぶだけの日々は心を削られただろう。

体力的に厳しくとも、あちこち動き回れた俺達より辛かっただろう。

「際どいところであったよ」

安心からか、田栄の口から本心が溢れる。

「兵糧もあと一月程は備えがあった。しかし、人は食だけで生きていけるものではない。横、あなたが援軍を引き連れ帰って来る。それを支えに皆、耐えることができた」

田横は微笑み、またゆっくりと首を振る。

「王を喪った失意の兵を鼓舞し、纏め上げたからこそ。援軍が来ると励まし続けたからこそ。そして俺を信じ、待っていてくれたからこそだ」

田栄の腕を摑んだ田横の手に力が込められた。

「東阿を守ったのは、他でもない兄上だ」

その言葉に溢れる物を堪えるためか、田栄は顔を天に向けた。

籠城の辛い日々。

万感の想いが空に放たれ、溶けていく。

兄は弟を信じ、弟は兄を信じる。

いい兄弟だよな、本当に。

周囲からすすり泣く音が聞こえる。

あ、ヤバい俺も泣きそう。

「さぁ兄上、援軍の龍且将軍にお引き合わせしよう。礼をせねばならん」

田横はからりとした笑顔で気を取り直し、後方に控えていた龍且に振り向く。

……そこにはとめどなく流れる涙を拭うことをせず、グシャグシャに顔を歪ませ泣いている龍且がいた。

「……龍且将軍この度の援助、誠に感謝いたします」

龍且の様子に田栄が遠慮がちに話しかける。

「ぜ、ぜ、斉をたすけるのば、ぶ、武じんぐんのい、いし」

泣きすぎて何言ってるのかわからん。

「……龍且殿も我らも疲労の極み。落ち着いてからお話ししましょう。籠りっきりで少々荒れてはおりますが、城で暫しお休み下さい」

「う、うぶ。ぞうさていただこう……グズッ」

龍且は田栄の提案に鼻を擦(こす)りながら頷き、城へと案内されていった。

……たぶん、あいついい奴だな。


東阿の城門を抜け、城へと向かう。

その道すがらに見える兵や民の様子は、ここを出る時とは大違いだ。

重苦しい雰囲気から解放され、道行く俺達への感謝の声と歓声の雨が降り注ぐ。

こそばゆさを感じながらも、やはりこうして笑顔で迎えられるのは気分がいい。

頬(ほお)を緩ませる俺は、やはり笑顔の田横と目が合う。

「手でも振り返したらどうだ、英雄殿」

「それはあなたの役目でしょう、英雄殿」

今くらいは喜びに浸ってもいいだろう。

いつもの軽口はさらに軽く、互いにニヤリと笑う。

門で待機している田解(でんかい)達も今頃仲間に囲まれて、胸を張っているだろう。

いいな、こういうの。

本当によかった。

城で暫く休憩した後、俺達は再び集まり今後について話し合う。

「四散した秦軍はこの周辺に再集結するかもしれぬ。そうなる前、小さな集団の内に各個討伐しておかねばならん」

田横の懸念に、まだ赤い目の龍且が応える。

「南については帰還しながら私が掃討いたしましょう」

田兄弟の絆に感動したのか、とても協力的である。

「それは助かる。兄上は一刻も早く臨淄へ戻り、太子へ即位を告げねばならん」

田市が王か……。

これからは若い田市を、宰相である田栄が全面的に支える形となる。

若いだけでなく精神的にもちょっと弱いところがある田市では、田栄に掛かる負担はさらに大きくなる。

「そうですね」

自身もそれを憂慮しているのか、田栄は言葉少なに頷く。

龍且のいる手前、その辺りの不安要素を表に出す訳にはいかんよな。

「龍且将軍が南を担当してくれるならば、俺達は北と西へ逃げた秦兵を追い散らそう」

田栄に頷き返した田横は、俺を見ながら言う。

俺もか。

戦いになったら、また御者させられんのかな……。

いや、ここには田突がいるじゃん！　交代だな、交代。

「兄上には御者と護衛として突を付けよう。東に潜んだ敵は居らぬと思うが、突の馬捌きなら万が一も回避できよう」

……そっすか。

まぁ、裏をかいて斉国内部に逃げた秦兵がいないとも限らない。

一族きっての御車、乗馬技術を持ち、戦闘もできる田突なら現在斉の最重要人物である田栄の護衛にぴったりだ。

仕方がない、武器を取って戦えと言われないだけマシだ。

……俺を御者とするのは田横なりの気遣いだろうな。

「俺達も太子の戴冠に間に合うよう、一回りすれば急ぎ臨淄へ戻る」

俺はそう続ける田横に頷いた。

なかなか臨淄に戻れんが、この後始末が終われば帰れるはず。

そしたら蒙琳さんと結婚か……。

……。

…………。

グフッ…………いかん、頬が弛む。

慌てて顔を引き締める俺に、田兄弟が小さくため息を吐く。

見られてた。

咳払いをした田栄は龍且に向かって畏まり、謝意を伝える。

「龍且殿、此度のこと誠に感謝いたします。楚へは臨淄へ戻り次第、正式に使者を送ります。その旨、楚王と武信君にお伝え願います」

龍且は胸を張り、その謝意の言葉に応える。

「承った。田兄弟の絆の強さ、斉の団結力は共に秦を討つに値すると武信君に伝えよう」

拱手し、部屋を辞する龍且の姿を見送りながら、俺はこの辛く厳しい籠城が終わったことを改めて感じ、深く安堵の息を吐いた。

ここは咸陽の宮中。

二世皇帝から全幅の信頼を受ける趙高の下へ、使者が訪れていた。

快進撃を続けていた章邯が楚の項梁という男に敗けたという。

この悲報を主上に、と使者は青い顔で趙高を急かす。

あの常勝であった章邯が敗れたのである。

援軍を送るなり徴兵するなり何か対処を仰がねばならない。

しかし、

「敗けたといっても一局での敗退。王離将軍が趙に居り、魏へ戻れば章邯将軍の軍もまだまだ健在である。いらぬ心配で主上の御心を惑わせてはならぬ」

そう趙高は甲高く濁った声で叱りつけ、使者を下がらせた。

──むしろ私にとっては吉報である。

趙高は心の内でほくそ笑む。

──秦に英雄はいらぬ。

──一人が特出するような事態は避けねばならぬ。

もちろん趙高自身を除いての話だ。

趙高の意向は今や、二世皇帝の口から発せられ、二世皇帝の意向ということになっている。

──この敗戦で章邯を盛り立てようとする者達の声が小さくなったのは善い機会である。

──この機に、はっきりと秦の権を表からも掌握しておくこととしよう。

そして。

──この命尽きるまでこの国を掻き乱そうぞ。

自身に従わぬ公官達に無実の罪を着せて処刑してきた趙高は、遂に最高位の三公に手をかけ始める。

——先ずは李斯からだ。

あの帝位継承における密事への後悔か、それとも恐れか、急速に老いた李斯は邸宅に籠りがちである。

だが、先代の頃からの左丞相であり、数々の政敵を追い落としてきたその弁知は侮れない。

狙いを定めた趙高は李斯の邸宅を訪ねた。

趙高を内心恐れてはいても会わぬ訳にはいかぬ李斯は、この宦官を迎え入れその言を聞く。

「国を荒らす群盗が蔓延るこの難事の最中、主上は阿房宮の造宮に徴用を増やし、また遊興に耽り無用の財を浪費しております」

「……それは嘆かわしきこと」

趙高は頷き、悲しげに袖で顔を覆う。

「真に真に……。私がお諫めしようにも、主上は賤しい宦官の言葉など、聞く耳を持っては下さらぬ……」

耳障りな声が口元を隠した袖の向こうから、聞こえてくる。

——皇帝即位に画策し、奔走した趙高の言葉を聞かぬということがあるのか。

李斯はその趙高の嘆きを訝しんだ。

それを察したように趙高は言葉を続ける。

「天位に即き、枷のなくなった二世皇帝は……こう言ってはなんですが、慢心なされております」

「うむ……」

李斯は思わず口を噤む。

あり得ぬ話ではない。

二世皇帝の性情はよく言えば純粋であり、悪く言えば軽易である。

思考に沈む李斯に、趙高が袖から覗く顔を深く下げた。

「この賤しい小職の諫言は聞かずとも、先代からの信頼厚く、人臣最高位である丞相殿の御言葉であるならば主上も耳を傾けましょう」

あの趙高に頭を下げられ、嘆願された李斯は困惑しながらも、取り繕うように首を振る。

「お諫めしようにも主上は宮中の奥深く。お主でなければ拝謁することも敵わぬ」

現在、二世皇帝への謁見どころか上奏も、趙高を通さねばできぬようになっている。

「臣下にみだりに姿を見せてはなりませぬ。先代もご自身を真人【※14】とし、宮中の奥へお隠れになりました。皇帝とは神聖であり、神秘であればこそ人臣を従える威容が備わりましょう。


【※14】真人。人を超えた人。仙人。人から隠れ姿を見せねば、真人が訪れ、不老不死のお妙薬を譲られるという話を信じた始皇帝は、自らの呼称を「朕」から「真人」へと変えた。

主上が関わるまでもない諸事は、この小職にお任せ下さい」

そう二世皇帝に吹き込み、趙高に都合の悪い案件を握り潰しているのである。

「確かに拝謁は主上のご意向次第。しかし書であれば、この卑しい小職でも主上へお届けすることくらいはできましょう」

自身が二世皇帝との謁見を阻んでいることなど素知らぬ態度をとり、趙高は下げた頭の前で拱手した。

「章邯将軍が敗れたことはお耳に届いたでありましょう。今、お諫めせねば国が滅びまする。どうか上書(じょうしょ)していただきたく……」

「ううむ……」

――この宦官の思惑は読めぬがそれを抜きにしても、現在のこの苦境にあっては主上の遊興をお諫めせねばならぬのは確かか……。

深く下げる趙高の頭を見詰め、李斯(りし)は唸(うな)る。

頭上から降り注ぐ李斯のその唸り声を聞き、床を向いて隠れている趙高の顔には裂けたような口元に笑みが浮かんだ。

面を上げた趙高は重苦しく悩む李斯に、更に絡み付くように声を潜めて語りかける。

「それに実は……三川(さんせん)郡の郡主であられる御長子李由(りゆう)殿について、善くない噂(うわさ)が主上の耳を汚しております る」

「なに？」

予想外の話題に李斯は驚き、趙高に詰め寄る。

気の毒そうに眉間に皺を寄せた趙高は、その詳細を語る。

反乱軍の呉広が三川郡の滎陽を攻めた時、李由は城へ籠り続けて別部隊の周文に函谷関を奪われる事態となった。

その後も賊討伐に消極的であり、襄城へ向かう楚の軍を素通りさせ、全ての兵を坑殺される惨劇も生じた。

これは父、李斯が楚の出身であるため同じ楚人に手心を加えているのでは……むしろ裏では賊と繋がっており、国家の転覆を目論んでいるのではないか。

しかし李由一人でそんな大それたことができるであろうか。

となれば李由の父である、李斯の指示であるということも……。

「あり得ぬ！」

思わず立ち上がり、叫ぶ。

確かに野心を持ち、権力欲を満たすために人を追い落とすようなことを行ってきた。清廉潔白な身とは言えない。

しかし自身の出世が国のためとなる、と思ってのこと。この国の発展には、法と政の熟練者である私が必要なのだ、と。

国を、この秦を覆（くつがえ）そうなどとは微塵（みじん）も思ったことはない。

「李斯殿、落ち着いて下され。これが全くの虚言であり、貴方（あなた）にそんな気がないことは、私も重々承知しております」

趙高はゆったりと袖を広げ、微笑む。


現状、この宦官の粘つく甲高い声しか二世皇帝の鼓膜を震わすことができないのだ。

この李斯逆心の噂の出所も無論、趙高自身である。

趙高は、二世皇帝の思考へ幾つもの疑惑の種を埋めている。

その種に水をやり、芽吹かせようとする邪悪な醜い笑顔だが、激昂（げきこう）する李斯の血走った目からは慰めの笑みと映った。

「李家は秦の運営に欠かせぬ忠義の一族。しかし、ここ最近の李斯殿は邸宅に籠りがち。そして御子息の戦のまずさ。それがこの噂の種に水を与えております」

「くっ……」

厳しく客観的な忠告をすることで、親身に悩む姿をとる趙高。

「国を想う気持ち、その身と御子息の潔白を証明するため、上書なさいませ。必ずや主上へお届けいたしますゆえ」

それが唯一の解決方法だと言わんばかりに趙高は語る。

その言葉に、李斯は自身の置かれている危うい立場を自覚し、また唸るしかなかった。

「では必ずや、献上いたします」

後日、李斯の上書を預かり二世皇帝へ奉ずる約定を取り交わした趙高は上書を手に、李斯邸から宮殿へと馬車を走らせた。

車上にて趙高は徐に李斯の書を開いて一読し、そして粘つく笑みを浮かべた。

「名文家で自信家の李斯らしい文ではあるが……さて、これがあの主上の胸を打つかな」

宮殿に戻った趙高は庭園で美しい妾達と共に遊興に耽る二世皇帝の姿を認めた。

好機とばかりに小走りに進み、近づく。

「主上、左丞相から上書でございます」

楽しみを中断された二世皇帝は、趙高の手にある書を一瞥すると鼻を鳴らし、

「趙高よ、後にせよ。今は忙しい」

趙高は頭を下げて、退がっていった。

その日の午後、遊び疲れた二世皇帝は眠気を催し、寝室へと向かう。

そこへ趙高が現れ、また、

「左丞相からの上書でございます」

と書を掲げる。

「朕は疲れておる。後にせよ」

そう言って、書を取ることなく二世皇帝は寝室へ入り惰眠を貪った。

そしてその夜、琴の音色を聴きながら良い気分で酒を呑んでいると再び、蛇の目をした宦官が近づき、

「上書でございます」

と恭しく書を掲げた。

流石に三度となると、二世皇帝は不機嫌に趙高へ愚痴をこぼす。

「趙高……趙高よ。朕が日々の忙しい政務から離れ、一時の安息の時に限って何故、李斯の上書を献ずるか」

「丞相からは何を措いても献上せよとの仰せ。何やら火急の案件かと」

趙高は下げた頭をそのままに語り、これが李斯の意向だと告げる。

「……ふん」

やや乱暴に趙高の手から取り上げた書を読み、二世皇帝はあからさまに顔をしかめた。

「これが火急の案件なのか？　記されているのは己の功績と先代の偉業。そして朕への戒め……

か？」

李斯はこれまでの秦への貢献から、国への忠誠心を表そうとそれを記し、また始皇帝の業績をなぞり二世皇帝への諫言とし、上書とした。

直接的な言い訳を避けたのは、李斯の名文家としての拘りであろう。

しかしその回りくどい美辞では、二世皇帝が李斯の真意に辿り着くことはできない。

問われた趙高は、何やら考えるように虚空を見つめ、不吉なことに気付いたかの如く目を見開く。

「主上、左丞相には賊と繋がっているとの噂があるとお耳に入れたことがございましたな……」

「うむ。そのような虚言、信じる朕ではない。趙高よ、それがどうかしたのか」

そう応える二世皇帝を余所に、趙高は「いや……まさか」と首を振ったり「しかし……そう考えれば」などと独り言を呟く。

勿体ぶった態度の趙高にしびれを切らした二世皇帝は、

「趙高よ、お主にはこの書の意図が読めたのか。教えよ」

と趙高に呼び掛ける。

躊躇いがちに二世皇帝との距離を詰めた趙高は、その耳に毒を吹き込む。

「……これは主上が先代どころか、丞相自身にも及ばぬと申しているのではありますまいか。そして諫言という形とし、謀叛を正当化しようと……」

二世皇帝は飛び上がらんばかりに驚き、酒で赤く染まっていた顔を青色に変えた。

その首元を絞め付けるように、趙高の推測が続けられる。

「……思えば最近、丞相は邸に籠り、部下を呼び寄せ、政務を指示することが多うございます。そう、まるで自宅が政の中心、宮中であるかの如く……」

確かに近頃、李斯が登城しているとは耳にしていない。

「なっ、なっ趙高！　趙高よ！　朕はど、どうすればよい!?」

二世皇帝は言葉の蛇に絡み付かれ、息ができないように喘ぎながら、趙高にすがった。

趙高はそれを諭すように、ゆっくりと拱手し、口元を隠して声を潜めた。

「落ち着き下さいませ。事を急いて問責すれば逆上し、この宮中へ賊や私兵を向けるやもしれませぬ。私兵だけなら衛尉【※15】の兵で守り通せますが、長子の李由が三川郡の兵を握っております。ここは機を見計らい、一気に追い詰めるのです」

「そ、そうなのか、大丈夫なのだろうな？　その、このまま泳がせて……？」

「先ずは三川郡の李由を調べ、賊との内通の証拠を。李由を誅せば李斯を守る壁は低くなりましょう」

既に二世皇帝の頭の中では、疑惑は確信へと変わり、趙高の提案は最善の対策となっている。

「そ、そうか。このまま、あの老獪な狢に秦を奪われるところであった。趙高、趙高よ、よくぞ察してくれた」

【※15】衛尉。宮門を守衛する兵を管轄する官位。九卿の一つ。

趙高の助言に、落ち着きを取り戻し始めた二世皇帝は安堵の息と共に、趙高を賞嘆した。

趙高は亀裂のような口を曲げて笑みを作り、

「天に代わり、国を治める主上を煩わす危難を払い、安息を守るのが小職の任であり、生き甲斐でございます」

そう深く拝礼をした。


秦の敗残兵を掃討するため、田横を中心に編制された軍は東阿を西から北へ巡る。

散り散りにさ迷う小集団を追い、降伏を呼び掛ける。

呼び掛けに応じて降伏する者も多いが、章邯に対する忠誠からか、破れかぶれに反抗する者も少なからずいる。

その章邯の求心力は、やはり歴史に名を刻む英雄の一人だと証明しているかのようだ。

確か章邯の兵の大半は奴隷や罪人なんだよな。

辛い賦役で無為に磨耗する中、章邯に生きる希望を見出したのか。

「粗方終えたか。仮にまだ潜んでいても脅威となる数にはならんだろう」

田横が戟の柄で二、三度肩を叩き、捜索を打ち切る。そして兵全体に聞こえるよう、高らかに言い放つ。

「我らも帰ろう、臨淄（りんし）へ」

よく通るその声を聞いた兵達の歓声が、澄み渡った空に溶けていく。

帰っても問題は多く残っている。

これからのことも考えなきゃいけない。

でも帰れる。やっと帰れる。

田広（でんこう）、蒙恬（もうてん）、臨淄の皆が待っている。

そして蒙琳さんが。

俺の嫁さんが待ってる！

俺は逸（はや）る気持ちを抑えて、手綱を強く握った。

とまぁ、意気揚々と帰った訳だが。

田安（でんあん）達に攻められ、蒙恬が守り抜いた臨淄は既に平常を取り戻していた。

しかし斉の政治の中心である臨淄の城はそうはいかない。

「叔父上！　田中（でんちゅう）殿！」

自宅で一息つく暇もなく城へ赴いた俺達を迎えたのは田広だ。

「よくぞご無事で！　っと、……父上達がお待ちです。すぐに議が開かれましょう」

王不在の城内は重苦しい雰囲気に包まれており、再会を喜ぶ言葉も少ない。

会議の場に通された俺達を待っていたのは、田栄、蒙恬など主だった将や官。

そして田栄の隣には、青く硬い表情で口を真一文字に結んだ田市がいた。

「戻りましたか」

田栄に抑揚のない声を掛けられる。

なんか、田栄……？

いつもの冷静で知的な雰囲気は変わらないが、その中にある柔らかさが感じられない。

感情を殺しているような、そんな……。

疲れてんのかな？

田栄は臨淄を出てから、ずっと気を張っていただろうし、田儋（でんたん）のことで責任も感じているだろう。

そして今も、先のことで頭を悩ませているはず。

その気負いからか？

心労で倒れなきゃいいけど……。

「横が戻り、各位が集まるこの場で様々な事案を決定しなければなりません」

田栄の声が場に響き、会議の始まりを告げる。

「先ずは新たな王を立てねばなりません」

その言葉に田市の肩がビクリと跳ねた。

田栄は隣の田市の動揺に気づきながらも、それを無視して語る。

「太子市様を新たな王とし、先代の信念を受け継ぎ、斉の未来を紡ぎます」

栄、横兄弟が事前に話し合った通り、田市を次代の王に立てると田栄が宣言する。

古代中国にあって長子継承は古来の常識であり、王政の混乱の芽を摘む重要な慣習だ。

この時代から見て過去、そして未来、この慣習を覆そうとして起きた混乱は枚挙に暇がない。

亡くなった王、田儋の長子であり、既に太子とされていた王位継承について、何か含むものはあっても誰も異論は挟まない。

田市本人も。

田栄は皆の沈黙を是とし、頷く。

「市様、いえ王よ、王はまだ若い。一族から儀政（ぎせい）や儀に精通する補佐を付けましょう。どうかよく学び、先代のように正義と仁政を」

「う、うむ」

田市は田栄の冷たい圧から逃れるように身じろぎし、一言だけ応えた。

「とはいえ王は喪に服さねばなりません。暫くは我ら臣下が国を動かすこととなります。武官は横や蒙恬殿など優将がおり、文官にも優れた者が多くおります。どうかご安心を」

そうか、父の亡くなった田市は喪に服さねばいけないのか。

確か三年間質素に暮らして、政務にも関わらないとかだったはずだが、今は簡略化されて一年間で、禁欲生活も形式的なものになってきてるんだっけか。

まぁ、この混迷の時代に三年もやっていたら親どころか国が亡くなるよな。

政務に関わるまで猶予があると知った田市は、あからさまにホッとしたようで、少し緊張を解いた。

そして臣下の顔ぶれを見渡すと、口の中で何かを唱えたが声にはならず、ただ無言で頷いた。


『負けたではないか』

今、そう言った気がした。

……いや。

そんな風に口が動いた気がしたが、俺の邪推だろう。

田市は俺には厳しかったが、田横や田栄を慕っていたし、父田儋を特に尊敬していた。

そんな父親や叔父を蔑(さげす)むようなことを言うことはないだろう。

「臣下一同、新王の下、外敵の脅威から国を守り、この斉に安寧をもたらすために。この身を削り、務めることを誓いましょう」

新王田市に向けた、田栄の深い揖礼(ゆうれい)に続き俺達臣下も一斉に手を組み頭を下げた。

「わかった……励んでく、うっ」

新王は居心地が悪そうにまた身じろぎをして頷き、短く応えたが次の言葉が出るより先に口元を隠して咳き込んだ。

というより吐き気を催しているようだ。

「少し気分が悪い……。後のことは皆で話し合ってくれ」

そう言って座から立ち、よろめくように退室していく。

……大丈夫か？

仕方ないよなぁ。

喩えるなら町長の息子として育ってきたのに、いきなり国王だもんな。

その上混迷する情勢に、叔父や歳上ばかりの部下から重圧を掛けられて。

ストレスが半端ないだろう。

しかし大きなストレスを感じているということは、国の頭領としてやらねばいかんという自覚があるってことでもある。

その自覚を上手く導いて、王としての責任と自信を持ってもらいたい。

皆で支えなきゃな。

ここには優秀で篤実な人物が多くいる。

先代のように、とは言わず田市は田市として最善の王を目指せばいい。

うつむき気味に歩く若い新王の背中を、皆がなにかしらの想いを乗せて見送る。

「……続けましょう。判断すべきことはまだ多く残っています」

そんな余韻が残る出口を見詰める俺達を、田栄の淡々とした声が現実に引き戻した。


田栄は咳払いをすると、会議を再開させた。

「楚へ救援の礼品を持たせ、使者を送りました。先ず楚王のいる盱眙（くい）、その後前線の武信君の下へ向かわせました」

楚のこれがちょっと引っ掛かるんだよな。

龍且（りょうしょ）も『この救援は武信君の意向』ってはっきり言っていたし、楚王は傀儡（かいらい）で項梁が完全に牛耳ってるのか？

しかし国の頂点は王な訳だし、それを無視して項梁と話を進めるわけにはいかん。

一応順序として王に挨拶して、その後項梁へ、ということになる。

「武信君はこの機を逃さず章邯を追い、濮陽（ぼくよう）を攻めるそうです」

項梁率いる楚軍は、常勝無敗だった章邯を敗退させ、下火になりかけた反乱の炎を再び燃え上がらせた。

この熱波を利用しない手はない。

「そして武信君は、さらに西へと歩を進めるため、我ら斉にもこの西征に参加を促してきました」

……なるほど、窮地を助けたんだから今度は手を貸せよってことだ。

まぁ、秦とやり合ってるのはこちらも同じ。

協力するのはこちらにも大いに利がある。

しかし気になるのは、

「兄上、それは楚の傘下に入って従えということか」

田横が鋭く尋ねる。

そこだ。その参加を促すというニュアンスが気になる。

今回のことを笠に着て、顎で使われるようなら毅然と対応しなきゃならん。

「いえ、使者の話では武信君は、あくまでも共闘を誘っているということです」

ふむ。

会った時は気位が高そうだと感じたがその辺りの配慮はあるようだ。

甥の天然毒舌とは違うな。

心内ではどう思っているかわからんがな。

現在、というかこれからは対秦の勢力の中心は楚で間違いない。

優将の多さ、兵の強さ、勢い。全てにおいて間違いなく頭一つ抜けている。

このまますんなり秦を倒してしまうのではないか、と思ってしまうが……そうはいかない。

史実では項梁は、章邯に倒されるはず。

そして章邯と直接対峙することとなっている今……。今がその時なんじゃないか？

項梁が倒れる時、斉はどう動いていたのだろう。

楚と共闘していた？　それとも共闘を断り、独自に動いていた？

全然覚えがない……歴史の裏側だ。

しかし項梁が生き残れば、また違った未来があるかもしれない。

項羽と劉邦が争うことなく、楚を盟主とした国家連盟が創られるような。

楚を盟主とすることには、多少のわだかまりがあるかもしれないが、かなり現実的な案だと思う。

国家連盟の一国としてこの斉が残るというのは、決して高望みではないだろう。

となれば、項梁を助けられる可能性を高めるためにもここは協力した方がいい。

「盟友としてというなら問題なかろう。互いに益のある話だと思うぞ」

蒙恬が理由は違えど、俺と答えを共にする言を田栄に呈する。

腕を覆う副え木はなく、自然に腕を組み替えるその姿を見て安心する。

腕の怪我はもうすっかりいいようだ。

「私もそう思います」

それに乗っかり、俺も賛同する。

だが、田栄は首を振った。

「問題はあるのです」

田栄は意外な一言を放つと、少し痩せた端整な顔を険しく歪めた。

「横と中が得た情報を、先日送った楚への使者が確認しました。楚王の下に田安達がいるようです」

そうか、あいつらが楚にいるんだった……。

「なに!? あやつら、どこへ逃げたかと思えば……」

蒙恬が驚きの声を上げる。

先代斉王、田儋が魏の救援で戦死した混乱を突き、臨淄を奪おうと襲撃してきた田安、田都達。留守を守る蒙恬達のお陰で事なきを得た。

本人は田安達を倒しきれなかったのを悔やんでいるようだが、臨淄を守りきり少数とはいえ東阿への援軍を送ってくれたことは、俺達の光明となった。

蒙恬の大きな功績だ。

田安達が楚王の下にいるという情報は、亢父で劉邦からもたらされ、俺達が東阿へ戻った時、田栄に報告していた。

臨淄に戻った田栄が、すぐに使者を送ったのは奴らの所在確認のためもあるのだろう。

「奴らが楚にいる限り、楚と手を結ぶことはできません」

蒙琳さんの誘拐の件もあるし、俺も奴らを許す気はないが、国と国との関係に私事を持ち込むべきではない。

だが田氏にとっては王一族の争い。国に関わる大事である。

大事ではあるんだが……。

「田安達の件と西征の件、引き離して考える訳にはいきませんか？　その、奴らを匿っているのは楚王であり、共闘を呼び掛けているのは武信君ですから……」

遠慮がちに田栄に聞いてみた。

その話は置いといてって訳にはいかないのか？

秦へ共同であたるという実利を取るべきだと思うが……。

田栄は俺の問いを強く窘めるような口調で応える。

「田安達は曲がりなりにも王一族。それは斉という国の根幹に関わること。これを無視する訳にはいきません。政敵を匿う国と手を結べば、楚に頭を垂れたと他国からも侮られます」

……そこまでのことなのか。

確かに古来中国人は面子を大事にすると義兄も言っていたが、俺はその辺の機微が未だにしっかり理解できていないのだろうか？

「兄上、現在の情勢では中の言うことも一理あると思う。先ずは秦を打ち倒すことが最優先では」

田横は柔軟に考えているようで、俺の意見を援護してくれた。

咸陽での出来事やその後の経験が活きて、いや田横は彭越の義賊に参加したり、元々柔軟か。

そんな田横の言葉を田栄は手で制し、しっかりと弟を見据え、応えた。

「右手で手を結び、左手で争うようなことはできません。奴らの首が届けられぬなら、こちらも兵を送ることはできません」

この強い正義感、誠実性。

早くに両親を亡くした田栄は家長として、また狄の田氏の補助など若い時から重責を担ってきた。

他にも、豪快で奔放な弟の養育とかな。

それが田栄を創ったのだろう。

そして田儋の死、田市の補佐など斉の政治の中枢として、今まで以上に重くのし掛かる使命が田栄の心を硬くしているようにも思う。

しかし、融通の利かない田栄に、もどかしさを感じながらも、誇り高い彼を眩しくも思う。

田横も同じ気持ちなのか、俺に向かって苦笑混じりで微かに首を振る。

ここは退けってことだ。

うーん……田安達をどうするのか、今は楚の対応に期待するしかないか。

劉邦の言っていた楚王の旧王族としての仲間意識というのが気にかかるが、軍事を一手に担う項梁の意向がこの返答を左右することになるだろう。

項梁は斉の協力が必要なはずだが、こちらも助けられた借りがある。

斉の力と、田安達の身柄と救援の貸し。

この天秤はどちらが重いのか。斉の戦力の方と信じたいが……。

いずれにせよ、どこか落とし所を探ってなんとか楚と手を組む方向に持っていきたい。

とりあえず、今は田横の指示通り退却かな……。

俺は頭を下げ、これ以上の発言を避ける。

しかし、この件が頭から離れることはなく、もやもやするような焦(じ)れったいような鬱々とした気持ちを抱えたまま、長い会議は終わりを迎えた。


「横殿」

会議の場から離れる田横に声を掛け、中庭へ誘う。

無言で先を歩く田横の背を見ながら、たどり着いた中庭で話を切り出した。

「あれでよかったのでしょうか」

振り返った田横は何か言いたげな、それでいて心内を明かすのを躊躇(ちゅうちょ)しているような、なんともいえない表情だ。

　そんな田横に俺は本音をぶつける。

「今、楚の力は必要不可欠。先ずは兵を出し、心証を良くした後に田安達のことは粘り強く交渉した方が……」

　田横にも分かっているだろう。

　できれば田横にそれを強く主張して欲しかった。

「兄上はそういった表と裏を使い分けるようなことはできん。清廉で在ろうとする男の弟として、誇らしいよ」

　誇らしいという言葉とは似つかわしくない、困ったような悲しげな笑顔だ。

　俺は何も言わず田横を見つめ、次の言葉を待った。

　その様子に田横は諦めたように本音を吐露し始めた。

「……今の兄上は余裕がないように思える」

　吐き出された本音の言葉は中庭の土に埋まっていくように重い。

「……従兄の死と市の脆弱な態度が兄上の視野を狭め、心を硬くしている。ああなってしまった兄上は、俺の言葉は勿論、従兄が生きていたとて、聞く耳を持たんだろう」

　田三兄弟一の激しい気性というのは、このことか。

　田横はその性格を知っているから、あそこで引いたのか。

「田安達に対しては楚の返答を待って対処するしかあるまい。向こうも戦力は必要なはず。首を送らぬにしても国外へ退去させるなど、何らかの妥協案がくるかもしれぬし、俺も時を掛けて兄上の心を解きほぐそう」

「……そう、ですね」

俺は、煮え切らない返答をするしかなかった。


その後田栄は、田安達を臨淄へ引き入れようとした田角（でんかく）、田間（でんかん）兄弟が趙へ逃れたと知らされると、趙へもその首を要求したらしい。

楚へ要求したなら趙へも要求する。

一貫して正義を通そうとする田栄の姿は、危うく見えた。

胸に残るしこりを抱えたまま、過ぎ行（ゆ）く日々は重苦しく感じる。

田横も同じなのか、いつもの明るさはない。太陽のような男が曇るとその周りも曇る。

連日の雨も相まって、臨淄の城はくすんだような重苦しい空気を纏っていた。


城での気の乗らない役務を終え、家へと帰る。

とりあえず急遽借り受けた家であるが、家僕は田横が何人か派遣してくれたので不自由はない。

「お客人でございます」

家門をくぐり、家屋へ向かうと年嵩の家僕が入口で待っていた。

珍しいな。客なんて。

田横や蒙恬などからは、向こうの家に呼ばれるばっかりだしな。

何にもないからな、この家。

「中様」

「琳殿」

自室では蒙琳さんが待っていた。

臨淄へ戻っても仕事は多く、蒙恬の屋敷へ何度か会いに行ったが、婚姻の話もなかなか進んでいない。

蒙琳さんの方から訪ねて来るのも初めてだ。

「何かありましたか?」

「いえ……」

何か言いたげな憂い顔に、不安になる。

結婚待たせ過ぎて……あれか? マリッジブルーってやつか!?

「あの、本当にお待たせして申し訳ありません。ちょっとその忙しくて、いえ、決して後回しにしている訳では……」

「いえ、そのことではないのです。……中様」

蒙琳さんは慌てて否定し、そして意を決したように俺の目をしっかりと見た。

「は、はい」

ううっ、蒙琳さんに正面から見つめられると、なんか緊張するな。

「何か……思い悩んでおられるのではありませんか？」

…………。

「何かを想い、何か為そうとされているのでは」

……参ったな。

最近、浮かない顔してたんだろうな。

「いえ……俺は何も…………」

何もできていない。

次は俺が、って思ってたんだけど、いつの間にか流れに身を任せてる。

あの時、田横に期待して口を噤んだ。

蒙琳さんは居住まいを正し俺に向かって詠うように、紡ぐ。

「中様。中様の言葉は風。心の暗雲を吹き飛ばします」

「中様の行いは水。心の渇きを癒すのです」

ゆっくりと微笑みながら蒙琳さんは続ける。

「あなた様の言動で誰が不幸になりましょう」


……あぁ、待って、待ってくれ。

これ以上、言われたら、泣く。

俺にそんな力はないよ。

蒙琳さんの買いかぶりだ。

……。

…………。

でも、蒙琳さんの言う力の百分の一でもあるのなら。

少なくとも大雑把な未来を知る有利があるなら。

黙ってる時じゃなかった。


「中様が何かを為せば、それは人々を祝福へ導きましょう。どうか中様の御心のままに」

蒙琳さんはニッコリと笑う。

「私はいつまでもお待ちしております、あっ」

蒙琳さんに近づき、強く抱き締める。

一つ、二つと俺の目から零れ落ちた涙が、蒙琳さんの肩を濡らした。

その数日後、楚の使者が返答を携え、再びやって来た。

俺は使者との交渉の場に参加を要請したが、すげなく断られた。

「王位を盗もうとする狗盗を匿い続けるなど！」

互いの譲歩もなく、交渉は決裂したようだ。

皆が集まる議の場に、田栄の辛辣な言葉が吐き捨てられた。

「こちらも兵を出すことはありません」

そう皆に報告する田栄。

俺は決意を込め、強く息を一つ吐き、一歩前に出た。

「兵は出すべきです」

皆が俺を見る。

田横も表立って俺が田栄に反論すると思っていなかったのか、驚いている。

そして反論の先、田横と同じような表情で驚く田栄。

……似てないっていっても、やっぱり兄弟だな。ちらほら似た所があるよ。

心の中で少しだけ笑う。

「中、突然何を言うのです」

驚きの表情から、鋭い目に変わった田栄が厳しく窘める。

イケメンに凄まれると怖いな。

でも、彭越や項羽の迫力程じゃない。劉邦みたいに得体がしれない訳じゃない。

もっと怖い奴らとやり合ってきたんだ。

……口で。

「楚は斉を援けました。斉は楚を援けぬのですか」

現代で営業やってた頃の俺なら、前の会議の時に絶対これを言っていた。そして譲らなかっただろう。

これでも営業所一の営業マンだったんだ。

意見を押す時、引く時のタイミングには自信があった。

俺は臆病になっていた。

田儋や、籠城でも少なくない兵の死を間近に観て、知らず知らずの内に臆病になっていたんだ。

俺との出逢いや会話で、死ぬはずもない人を死なせているかもしれない。

そんな思いがあったのかもしれない。

いや、ただ単に国同士の戦いのスケールの大きさにビビッて漫然となっていただけかもしれない。

「……楚人は昔から信用できぬ。斉と楚の関係は中も知っているでしょう」

でも、蒙琳さんが言ってくれた。

俺との出逢いで生き残る人もいるかもしれない。

俺が田氏を援けるということは斉に、田栄に従うだけということじゃない。

改めて、自分自身に言い聞かせる。

「斉と楚が昔から争い合っているのはよく聞いています。その険悪な関係の楚が、怨みを置き捨て、斉を援けてくれたではないですか。斉のみが怨みを抱え、受けた恩を捨てようとしている」

俺が導くなんて烏滸がましいが、俺の武器はこの口車しかないんだ。

黙っていたら駄目だ。

機を逸したかもしれないが、まだ間に合うはず。

「項梁は殺人を犯して仇を持つ者。甥の項羽は殺戮を好む。将軍の黥布という男も黥を打たれた犯罪者です。楚は悪の国です」

田栄は楚の主要な人物の非を挙げる。

「論点をずらしてはいけません。国として援けられたのです。そして小事に囚われ大事を見失ってはいけません」

今は個人の資質を問う時じゃない。建前であっても国と国とのやり取りだ。

「王位を掠めとろうとする者を匿うことが小事か！」

田栄の感情的な言葉が俺に向かってくる。

これが、斉が楚に協力できない要因だ。

今度は俺がその論点をずらす。

「小事ではありませんが、今の斉には民のために為し遂げねばならぬことがございましょう」

「王を脅かす害悪を取り除くことこそが国を安定させ、民の安寧を守ることになる。それ以上に為すことなどあろうか！」

俺はしっかりと首を振り、応える。

「秦を倒すこと。中華全土に平穏をもたらすことこそが、斉の平和を守ることとなります。それに勝る大事がありましょうか」

詭弁だろうが、とにかく一番の大義は打倒秦なんだ。そこへ繋がる道へ目線を向けてもらう。

「楚を悪とするならば、悪を以て巨悪を討ちましょう。楚の力がなければ成せぬことです。斉だけに囚われすぎては時勢を見失います」

秦を討ち倒した時、発言力をどこまで持っているか。それが斉にとって重要になるはずだ。

国に籠って孤立すれば、次の時代に取り残される。

「中、あなたは…………」

田栄が突然口ごもる。

一瞬、視線が辺りを見回す。

「…………遥か東方から訪れ、知らぬのだ。田氏の、斉という国の、王族としての歴史の重さを……」

『一族の者ではない』

とは言わない。

知っているはずなのに。

言い争っている最中に見える、田栄の優しさ。

だからなんだよ。

確かに俺は斉という国の、田氏の血脈の重みを知らない。

俺が援けたいのは。

俺が出逢った人達で。

俺を援けてくれた人達で。

歴史上の田氏じゃなく。

今、ここにいる田氏なんだ。


田栄は頭を抱え俺に諭すような、むしろ訴えるような視線を向ける。

俺はその瞳に、退かない意志を乗せた視線で応えた。

「楚の使者へはすでに兵は出さぬと応え、帰しました。今さら覆せません」

いや、間に合う。

兵は出せなくても、この口で上手く言い繕ってやる。

「中……あなたがそこまで楚に肩入れする理由は？　斉を出奔し、楚へ仕えようとでもいうのですか」

俺がやる。

俺が楚と斉の断ち切れそうな糸を結ぶ。

俺が繋ぐんだ。

「……そうですね。楚へ行きます」

「中!?」

周りが騒然となる。

俺を揺らす程の田横の大声が届く。

「斉での職は全てお返しし、私個人として動きます」

田栄の問うような視線が刺さる。

「……清らかな水だけでは魚は死にます。どうか清濁併せ呑む度量を」

俺のこの言葉の裏を田栄は理解してくれたのだろうか。

「わかりました……。何処(どこ)となりとも行きなさい」

田栄はその一言を残し、部屋を出ていった。

「田中！　お主何を考えておる!?」

田栄が去った直後、蒙恬が摑みかからんばかりに駆け寄ってきた。

田広も、華無傷(かぶしょう)も、高陵君(こうりょうくん)まで。

皆が俺を囲んでいる。

迫力が。暑苦しさが。

「いや、あの、前時代に縦横家(じゅうおうか)という者達がいたと聞いています。各国を渡り歩き、その弁で国と国を結んだり、他国にあって祖国のために働いたり」

「お主がそれをするつもりか」

蒙恬が叱るように問うてくる。

皆、俺が楚へ鞍替えするとは一切思っていないようだ。

俺は鼻の奥の痺れを耐える。

「まぁ真似事ができればと。俺にできるのはこの口を動かすことですから」

「……楚へ行かれるのですか？」

田広が不安そうに確認する。

「幸い楚の将軍には面識がある人もいますし、武信君にも一度お会いしています。斉の田横将軍の元校尉というなら、楚王に会えずとも側近くらいは話を聞いてくれるでしょう」

田広は俯き、返ってくる言葉はない。

「しかしこの使者の往復によって、楚は斉に悪感情を持ったでありましょう。門前払いならまだよいが最悪、斬られる危険もございます」

続く高陵君の危惧に、俺は苦笑で応える。

「俺は斉を追い出された身ですから」

皆が唸り、空気が重くなる。

「中殿……」

田広が悲しげに俺の名を呼ぶ。

随分と背が伸びたなぁ。

いつの間にか目線が同じくらいになったが、その愛嬌は変わらない。

犬は犬でも今はシュッとした大型犬の雰囲気だ。

これ以上周囲が沈まないよう、俺は努めて楽観的な予想を口にした。

「それに楚も西征する背面に敵対する国を作りたくはないでしょう。一度や二度の交渉決裂で断交するとは思えません」

自分に言い聞かせるよう、願いも込めて。

「私も楚へは斉との関係を断たぬよう進言するつもりです。一度敗れたとはいえ秦は未だ強大で章邯は強い。このますんなりと勝てる相手ではありません」

それは皆も理解していることだ。

「しかし難敵であっても無敵ではないことが、章邯の敗北によって証明されました。秦に勝った後、次代への布石を考えておかなければなりません」

足元ばかり見ていたら、道が失くなっていることに気付かない。

「その布石とやらを打ちに行くのか」

「横殿」

少し離れた所で聞いていた田横は、厳めしい顔でゆっくりと近づく。

怒ってんのかな。

相談もなく、決めちゃったからな。

「……」

「横殿はどうか栄殿を説得し、対秦の兵を。援軍でなくとも兵を秦へ向けて頂ければ、楚への協力だと説きましょう」

敵の戦力を分散とかなんとか嘯くことができるだろう。

「一人で行くのか」

田横がボソリと尋ねる。

独断への非難、友を気遣う優しさ、同行できぬ寂しさ、色んな想いを感じる。

「横殿でなければ栄殿を説得できないでしょう。それに斉国一の将軍なんですから、たまには国内にいなきゃ」

申し訳なさと嬉しさ、そして気恥ずかしさが込み上げ、少しおどけて応えた。

「……死ぬなよ、中」

「ゲホッ」

大きな拳が俺の胸をゴツリと打つ。力加減……！

「死なぬように、頭の固い兄上をなるべく早く説得してくださいよ？」

俺も力を込めて、田横の胸を打つ。セイッ。

「任された」

田横は、身動ぎもせず頼もしく応えた。

……ま、いいけどね。

そしてそれぞれの励ましを貰い、その場を後にする中、俺は蒙恬と田横を呼び止めた。

旅の支度を済ませた日。
雨上がりの夕刻、俺は蒙恬の屋敷に馬車を牽き、門を叩く。
一室に通され、静かに佇む蒙恬と夕陽の朱に照らされた華やかな衣装を纏った女性。
「迎えに参りました」
俺が蒙恬にそう告げると、蒙恬は目を閉じ、
「うむ」
一言だけ応えた。
俯く女性の微かに震える手を取ると、馬車まで導いた。
雲が流れる夕闇の中、無言の馬車は進む。
俺の借家の前で馬車は停まり、俺はまた女性の手を引き、自室へと誘う。
向かい合う形で座り、俺は改めてその人を見る。
その人も大きく明るい色の瞳で俺を見ている。
夜の帳が下りた部屋。

雲間から差しこむ月の明かりが、銀の装飾のように亜麻色の髪を幻想的な美しさに彩った。

「琳殿」

「中様」

形だけ整えた儀礼、仲人も田横の家宰の老夫婦に急遽頼んだ。

宴も何もない。

明日には臨淄を出ていく。

そんな時に俺は蒙恬に頼み込み、蒙琳さんとの婚姻の儀を行った。

『琳はお主以外の所へ決して嫁がぬであろう。これ以上待たせるのは酷であるしな』

完全に俺のわがままだったが、意外にも蒙恬はそう言って快諾してくれた。

「琳殿、宴もなく、こんな簡単な儀になって申し訳ありません。そして明日には俺は……でも、どうしてもあなたと夫婦になっておきたかった」

蒙琳さんはゆっくりと細い首を振る。

「中様に嫁ぐことに豪華も簡素も、その喜びに何ら変わりはありません。離れようとも中様と私は夫婦となりました。私にしてくれたように、あなた様を慕う人々に風水を運んであげて下さい」

そして微笑み、

「そして……いつか必ず、私の所へお戻り下さることを信じております」

俺の迷いを払い、背中を押してくれる。

そして待っていてくれる。

蒙琳さん、俺にとってあなたこそ風であり、水であり、大地だと思うよ。

……ありがとう。

「……あ、そうだ。一つ琳殿に知っていてもらいたいことがあります。俺の本当の名前は……」

そして俺と蒙琳さんは一夜だけ、夫婦として過ごした。


「行ってきます」

「はい、どうかご無事で」

家の門前で蒙琳さんと短く挨拶を交わし、馬車を牽く。

一度だけ振り返ると、蒙琳さんはまだそこにいた。その表情までは見えない。

大きく手を振り、前を向く。

もう振り返らない。


街を抜け臨淄の門まで行くと、見送りの人達が集まってくれていた。

田横、田広、田突、蒙恬、華無傷、それに高陵君も。

あれは東阿で一緒に籠城した兵達だ。俺に付いてくれてた文官達も。

……結構いるなぁ。

この国で俺がしてきたことの結果が、この人達なのかな。

………いかんな、ここ数日涙脆(なみだもろ)いな。

これからだ。

これからが正念場なんだからな、デンチュウ。

俺が感傷に浸っていると、高陵君が珍しく話しかけてきた。

「田中殿、楚王へ謁見したいのならば宋義(そうぎ)という男を訪ねられよ。楚王の側近でございます。多少の誼(よしみ)があり、私の名を出せば話くらいは聞いてくれましょう」

……意外だな、実はなんとなく俺のこと嫌ってるというか、対抗心を感じてたんだけどな。

「ありがとうございます」

高陵君に礼を言うと、

「この国のためです」

高陵君は素っ気なく短く応え、人混みの中へ去っていった。

恥ずかしがり屋さんめ。

入れ替わりで田広が進み出て、何かを差し出してきた。

「中殿、これを」

田広から手渡されたのは、仕立ての良い衣装。

この時代の正装である上衣下裳（じょういかしょう）だ。

「これは？」

「何度か袖を通した物ですが、あなたが持っている衣装よりましだろう、とのことです。弁舌を奮う場で、みすぼらしい姿では説得力に欠けようと」

田広は微笑み、続ける。

「体格が似ているのは、以前も譲ったから知っているそうです」

最初にくれた着物……！

『私と背格好が同じ位でよかった。横の物だと大きすぎますからね』

俺は随分と昔に思えるその言葉を思い出し、握り締めた衣装に顔を埋（うず）めた。

……いかん、いかんぞ。

皆が全力で俺を泣かせに来てる気がする。

「ははっ、折角の正装に鼻水がついてしまうぞ」

田横がからかってくるが、喉が詰まり応戦できない。

俺の意図は田栄に伝わっていた。

これなら胸を張って、斉の名を出せる。

「中」

一つ息を大きく吐いて、俺が顔を上げると目の前に岩のような、それでいて太陽のような温かな眼差しを持つ男が立っていた。

「お主の為すべきことを為せ。こちらは任せろ」

その一言だけ。

でも、その一言で十分だ。


俺が力強く頷くと、田横は大きな手のひらをこちらに向けて上げた。

「お主の国では景気をつける時や励ます時に、こうやるのだろう？」

あぁ、いつか田広に教えた覚えがあるな。

見れば田横の後ろで田広、田突、華無傷、蒙恬も手を上げている。

高陵君は流石にしてない。恥ずかしがり屋さんめ。

俺も手を上げて目一杯の力を込めて、田横の手を叩くと、続く皆の手も叩いて行く。

「行ってまいります！」

大声で皆に叫び、馬車に乗り込む。

ハイタッチで痺れる手で手綱を握り締め、俺は門をくぐり抜けた。

意気揚々と臨淄を旅立った訳だが。

……これは寂しいな。

田横は護衛を付けてくれようとしたが、無位無官の俺に護衛が付いていたら変に勘繰られそうだと断った。

………早まったかな。心細いことこの上ない。

思えばいつも誰かが隣にいてくれたもんなぁ。

しかしあんな風に大勢に見送られて、

「怖くて帰って来ました」

って訳にはいかない。

田横じゃないけど、格好つけないとな。

さて、これからどうするか。

田栄があの正装をくれたってことはある程度斉の者、密使として動いても許されると解釈してもいいか。或いは俺がどこまでやれるか、試されているのかもしれん。

俺のやらねばならないことは、楚と斉の関係の悪化を避けること、田安、田都、田假の処遇、そして項梁を死なせないこと。

この三つが大きな目的だ。

田安達をどうするか。

やっぱ首を、ってのは楚も認めないだろうなぁ。

となると身柄引き渡しか、国外追放か。

いや、身柄を渡すのも首をとるのとそんなに変わらない。これも厳しいか。

斉としては楚に、

『田安達は人知れず国から出ました。後は知りませんので戦うなり、捕まえるなりお好きにどうぞ』

という体をとってもらうのが、ギリギリの要求かな。

斉が秦に対して兵を出してくれれば、要求しやすくなる。

そこは田横の説得に期待するとして。

ともかく最優先なのは項梁の生存だ。

いつ章邯に倒されるかがはっきりわからない今、とにかく急ぎ項梁の下へ行き、前線から退がらせるか、少なくとも防備を固めてもらうよう進言しなければ。

それに軍事を担っている項梁に斉について好印象を持たせれば、楚王への色々な交渉材料にもなるだろう。

となると折角紹介してくれた高陵君には悪いが、宋義に会うのは後回しだな。

問題はどうやって項梁を説得するかだが。

……。

…………。

ま、まぁとりあえず楚の現状を把握しないとな。

項梁達は濮陽を攻めると言っていた。

濮陽は東阿からさらに南西だ。

大きな邑に寄りながら慎重に進もう。

どうか野盗や戦闘に遭いませんように……。

「よし、行くか」

俺の寂しさを紛らわす独り言に手綱の先、馬車を牽く馬の耳がくるりと回る。

「一人きりって訳じゃないか」

その反応に少しだけ安心した俺は濮陽を目指し、馬首を南西に向けた。

鉅野沢の畔で初の敗戦を喫した章邯は、楚軍の追撃に苦しめられながらも濮陽へたどり着いた。野犬の群れのようにしつこかった楚軍の追撃軍も、さすがに濮陽までは追いきれず、一旦本陣へと帰還したようだ。

濮陽へは東阿で壊滅した軍の敗残兵が、十数人から数十人の集団となって逃れてきていた。

章邯は生き残った将から東阿での戦いの詳細を聞いた。

将は未だに信じられないような口ぶりで楚軍の強さを語る。

「まるで激流の如く、ただ押し流されるまま。気付けば兵は四散し、陣は襤褸布のように……」

——それほどか……。

追撃から受ける圧力を章邯は自身の経験不足かと疑ったが、楚軍を過大評価していた訳ではなかったようだ。

進軍の常外の速度に動揺していたとはいえ、

——やはり尋常な強さではない。

章邯は楚軍を率いる項梁を今までの賊徒とは違う、自身にとって最大の敵だと認識した。

その後も東阿の敗残兵は次々と現れ、その数はおよそ五万、追撃を逃れた章邯の軍と合わせれば十三万を超える。

章邯は濮陽の近く、大きく展開できる場所へ陣を布いた。

近く現れるはずの楚軍を迎え撃つために塁を築くよう指示を出す。

――ここで楚軍を食い止め、傾いた流れを取り戻す。

「防備を整えよ。奴らはすぐに来るぞ」

兵達を叱咤するが、連日続く雨のため営塁の作業は捗らない。

章邯は暗い天を仰ぎ、降り注ぐ雨粒を受けながら怨めしく顔をしかめる。


亢父を攻める前、咸陽で李斯の悪い噂が出回っていると司馬欣の使者から聞いた。

趙高が権力闘争の仕上げに掛かったと見てよい。

――思えば焦っていたのか。いや、驕りもあった。

後方の喧騒と連戦連勝の驕りが章邯から慎重さを失わせ、敵の策にまんまと嵌まった。

無機質な趙高の瞳。

迫りくる楚の軍勢。

二つを思い出し、章邯の背筋を凍らせる。

屈辱と恐怖で上ずりそうになる思考を、頬を打つ雨と共に拭う。

「この防衛から再び始めるのさ」

雨音に消える言葉を自身に言い聞かせ、章邯は再び塁を築く兵達を督励した。

番外編 斉と王族、そして鬼才

「くそっ！　くそっ！」

臨淄から離れる一軍の中、金切り声が周囲の兵に喚き散らされる。

兵はその耳障りな声が聞こえぬ振りをして、ただ黙々と足を動かすしかない。

「秦の狗が狄の狗に成り代わりおって！」

田安の罵声は鳴き止まない。

──狗のように鳴いているのはどちらか。

田都は心の中で悪態をつくが、表情には出さない。

魏の救援に向かった斉王田儋が章邯の奇襲に因って討たれ、その主力軍は宰相田栄と共に東阿の城で秦の大軍に囲まれた。

これ以上の機はない。

田安は臨淄に潜ませていた田角、田間兄弟に民を煽動させ臨淄内を混乱させた。

その隙に楚王を名乗った景駒から騙し取った一軍をもってその斉の首都へ向かわせた。

「臨淄の守備兵はそう多くあるまい。加えて内からの造反だ。一万余りの我らでも落とせようぞ」

策を弄する田安はほくそ笑む。

「臨淄が手中に入れば、東阿に籠る狄の奴らは鍋の中同然だ。逃げる所などあるまい」

田安の策は悪くない。むしろ臨淄を奪うにはそれしかないように思える。

この旧斉最後の王の孫は、尊大で感情的で、武芸もからきしだが、狡猾さにかけては田都は一目置いている。

蒙恬の姪、蒙琳の誘拐や景駒の兵を騙し取るなどの人の弱味に付け込むような、或いは詐術のような策にかけては田都の武張った頭では思い付けない。

――よくもまぁ、そんな邪な謀ばかり思い付くものだ。

田都は半ば呆れながらも自身も善良であろうとは思っていないし、邪悪であろうが自分よりは知恵が回る田安の策謀に乗るしかない。

ただ田安の策はどこかが不足しているのか、いつも一歩手前で成し遂げることができない。

今回も不安は残るが、今を逃せばこのまま流浪の賊と成り下がる。

勝てば正義なのだ。

俺は奪う側の人間なのだ。

田都の口の中で、鋭い歯が嚙み締められた。

我が名は田假。

最後の斉王田建（でんけん）の弟であり、正統な王の血筋、田安の庇護（ひご）者である。

いや、今やただ田安に引き連れ回されるだけの存在か。

「くっ、田間の奴は何をしておる。奴ら全く乱れておらぬではないか！」

臨淄襲撃の思惑が外れ、悉（ことごと）く跳ね返される様（さま）に臍（ほぞ）を噬（か）み、喚き散らす姪孫（てっそん）、安（あん）。

それでも兵の消耗を恐れず、臨淄の城門を破ろうと兵を駆けさせ、城壁を越えようと張り付かせる安の従者で今は兵を率いている都（と）。

今や二人が、我が諫（いさ）めに耳を傾けることはない。

「安様、どうやら内部の攪乱（かくらん）は早々に鎮められたようですぞ。落ち着きを取り戻した臨淄は、とてもではないがこの兵では落とせませぬ。数も練度も足りん。退（ひ）かねば門が開き、蒙恬の兵が押し寄せますぞ」

前線から駆け戻った戦車から降りもせず、都が安に告げる。

「くそっ！　使えぬ者どもめ！」

安は馬車の上で地団駄を踏みながら、御者へ反転を指示する。

それに伴い都が軍に退却を指示する。

「さぁ、假（か）大叔父も。またどこかで兵を得ねばなりません」

走り去る馬車とのすれ違い様、安は我に声を掛けるとすぐに考え込み始めた。

また卑しい知恵を働かせ、斉を奪う算段をつけているのだろう。

斉を取り戻すためならば、如何なる行いも許されるとさえ思っているかのようだ。

だが安の策謀は狗盗のそれであり、兵を使い捨てる都の武勇は、北方を異民族から守護してきた蒙恬の守りを崩すことはない。

斉は我らのもの。そう思っていた。

一戦も交えず秦に降伏した兄、建を怨み、蔑んでいた。

秦の支配から解き放ち、一族の栄華を取り戻す。

そのために幼き安に斉の王族としての誇りと無念を教え込んだ。

その思いが安を歪ませたのであろうか。


兵の半数を失って臨淄から退き、追撃から逃れながら今日も山中で野営を張る。

焚き火に照らされた自身の手を眺めた。

そして、節くれだった指で弛んだ頬に深く刻まれた皺をなぞる。

また……流浪せねばならぬのか。


この枯れた体には、馬上も野営も骨身に染みる。

乾いてひび割れた大地のような肌と共に、我の野心も復讐心も渇いていってしまった。

「狄の者達に頭を下げ恭順を誓えば、小さな領地程度はもらえるのではないか？　今の我らにはそれが似合いだ」

幾度か喉から出かかったその言葉をまた呑み込む。

今や我に対する孝の心など持ち合わせておらず、斉の奪還に取り憑かれておる。

そんなことを言えばこの二人に山中に埋められるか、狗の餌となろう。

老い先短い身ではあるがなればこそ、せめてまともな寝床で死にたい。

「また兵を補充せねばなりません。どちらへ行かれますか」

野営の指示を終えた都が焚き火を囲む安に尋ねる。

数日間考えていた安は、答えを出した。

「項梁へ貸しがあろう。景駒との戦は、我らが戦わずして離脱した穴を突いたから勝てたのだ」

「……」

我らが居ようと居まいと項梁は景駒ごとき一蹴したであろう。

「まぁ事前に離脱を伝えておりましたし、貸しと言えなくもないですかな」

「我らのお陰で、今やその兵は膨れ上がっていると聞く。項梁の下へ向かおう」

また楚を頼るのか……。


「まだまだ練りが足りませぬなぁ」

「何者だ！」

急な他者の声に都が剣を構え、安はヒッと短く声をあげて後退る。

我も驚いて腰が抜けた。

木の陰から現れたのは、都が持つ剣を一薙ぎに振るえば吹き飛びそうな小柄な男であった。


木陰から現れたその男。

小柄で線も細く、都が一喝すれば背中を丸めて逃げそうな体軀である。

しかし、満ち満ちている自信に溢れる姿と焚き火によってギラリと光る野心的な瞳が奴を実際以上に大きく見せた。

「だ、誰だ!?　見張りは何をやっている!?」

「まぁ落ち着きなされ。私の名は蒯通と申します。私のような小男が草木に隠れれば、臨淄での敗戦で疲労困憊の見張りの視界には入らぬのも仕方なし」

「おまえ……」

都の剣を握る手にさらに力が込もる。

この蒯通という男、我らのことも臨淄でのことも既知であるらしい。

「これから貴殿方は楚へと向かうようですが、直接項梁の下へ行くのはちと早計」

蒯通と名乗ったその小男は、剣を向けられているにも拘わらず落ち着いた様子で話し始めた。

「どういうことだ。そもそもお前は何者だ」

「ふむ、私は新たな国の形を謀る者とでも言いましょうか」

「その身体でよくも大言を吐いたな、小男」

蒯通に武の匂いがないのを改めて感じたようで、安は余裕が生まれたのか嘲りの言葉を投げた。

都も剣は構えたままだが、口は安の言葉と同種の笑みで歪んでいる。

「ここと口は人より大きいと申しましょう」

それを気にした様子もなく、蒯通は自身のこめかみを指で数度叩いた。

「趙で武臣という男が幾多の城を落とし、武信君と称され、果ては王となったことはご存じか」

「……確か、張耳と陳余が謀って趙王となったが部下に裏切られ殺されたと聞く」

「調子に乗って王を名乗る前に私は去りましたが、武臣が武信君を名乗るまでが我が献策に因るもの」

「何を言うかと思えば……。あれは張耳と陳余の策であろう。他者の功を掠め取ろうとは狗畜生にも劣るぞ」

「張耳も陳余も多少知恵はありますが、策士、軍師と申す程ではありませぬ」

蒯通は武臣に寛容を示させ、辺りの県令に降伏を促し、范陽を始めとする城を使者として恭順させたことを語る。

その内情を事細かに、そして多弁に語る蒯通の声には妄言ではない説得力がある。

滑らかにそして表現豊かに語る蒯通は突如、掌を打つ。

「さて、今は私の過去の功などはさして重要ではございませぬ。しかしながら信用できずとも、頭の巡りとこの舌が回ることは知っていただけましたかな」

その音と言葉に眠りから覚めたようにハッとさせられた。

「そうだ、項梁の下へ行くには練りが足りんと申したな」

安も同じ心地であったのか、気を取り直して蒯通に尋ねる。

「然り。項梁は楚王の末裔を擁立して自らは武信君を名乗り、対秦の最大派閥として急成長を遂げました。それを頼るのは善し。しかし項梁は復興した各国との連携を謀っており、もちろん魏、斉とも交わり、今訪れている斉の危難に援軍を出そうとしております」

身振り手振りを交えながら語る蒯通の話術に安は引き込まれ、都も剣を鞘へと収めた。

我らに仇を為そうというわけではないようだ。

「狄の簒奪者どもを救おうというのか？」

都が非難の声をあげるが、蒯通はさらりとかわす。

「項梁にしてみれば魏、斉を救えば大きな貸しができまする。来るべき会盟の日、盟主と名乗り出るための大きな起点となりましょう」

「で、では我らが訪ねれば、狄の者達に売るというのか。私は項梁に貸しがある！」

安が唾を呑み、不安に揺れる声色で反論する。

「先程仰っていた話ですかな。そもそも項梁は貸しを貸しと思っていましょうか。景駒ごとき離叛があろうとなかろうと結果は同じだったのでは？」

「ぐっ……」

安は項梁を頼る拠り所を一蹴され、言葉に詰まる。

「項梁はよく言えば慎重、悪く言えば優柔な性情。切羽詰まらねば、決断できぬ男と見える。貴殿方に恩を売ることと、狄の者達に恩を売ること。どちらが有益か、天秤を前にじっくり量るのではないかと」

蒯通はそこで一旦言葉を切り、自身の首を摑んだ。

「客として迎えられても、ある日突然縄に括られることもあるやも」

「ヒッ」

小さな悲鳴をあげた安は顎に手を当て、眼を目まぐるしく動かし始めた。

「どうする……。項梁が頼れんとなると趙まで行くか？　いや趙もすでに邯鄲を囲まれていると耳にした……。他に、他にどこか頼れる所はないのか？」

独り言が漏れる安。

蒯通はそれを父が子に教えを説くように、慈悲深い表情で労りながら諭す。

「待ちなされ。誰も楚へ行くなとは申しておりませぬ。直接項梁の下へ向かうな、と申したまで」

安は顔を上げ、蒯通に乞うように尋ねる。

我も今、同じような顔をしているであろう。

「そ、それは如何なる……」

「楚王を訪ねなされ」

「楚王は酷貧な環境で隠れていた旧王族。今の貴殿方に大いに同情してくれることでしょう。祭り上げられたとはいえ王は王。王の名の下に保護してくれましょう」

楚の懐王の孫、心は羊飼いにまで身をやつしていたが、項梁に擁立され祖父と同じく懐王を名乗り、正統な楚を復興させた。

自身の辛苦絶えぬ経験からか慈悲深く、情の濃い性格だと蒯通は言う。

「先ずは楚王と誼を結ばれよ。しかしそこで安心し、悠長に暮らしてはなりませぬぞ。項梁は冷淡な面があり、役に立たんと思われれば王とて庇いきれぬやも知れませぬぞ」

景駒の降将は章邯軍に挑まされ敗北を喫すると、即処断された。

そういった酷薄な部分があることは周知されている。

背筋が凍る思いだが、楚王という光明を見出し安は何度も頷いた。

「なるほど、楚王を訪ねよう！　そこで客将として兵を借りて働くとしよう。働きによっては斉を奪い返すのを援けてくれるかもしれん」

漸く決まった行き先に、我の薄く肋の浮いた胸から安堵の息が漏れるが、同時に僅かに痛みを感じた。

ここ最近、大きく息をする度に差し込むような痛みがある。

もう長くはないのかもしれぬ。

そんな我の様子に気付く者などなく、都が蒯通に疑問を投げる。

「お主はなぜ我らの前に現れたのだ。安様に仕えたいのか」

その詰問に蒯通は大いに笑う。

「ははっ、真実を言えばたまたま近くに居ったというのが真相でございます。私を従えるには世にも特異な人物でなければなりませぬ。それは武臣でもなく、貴殿方でもない」

都はやや機嫌を損ねたようだが、堪えて問いを重ねる。

「何故……我らに助言を」

蒯通は都の言葉を遮るように応える。

「この邂逅の結果がどう転ぶかは未来を知る者しか知りえませぬが、新たな国の形を謀る一環として、必要であったと後に追想することになるやもしれませぬ。それから」

蒯通の滑らかに動いていた舌が止まり、少しの間黙した後、

「狄の者のように聖者を装うような輩が気に入らんという者もいるということ。……利で動かぬ

者の行動は予見し難い」

そう応え、拱手した蒯通は夜の木立に消えていく。

去っていく小さな背中を見ながら思う。

まるで仙人か、いや邪な妖に化かされているかのような時間であった。

しかしながら、楚王の下に行くとなればそれなりの暮らしができそうである。

故郷から遠く離れた地ではあるが、寝所で穏やかに黄泉へ旅立つことができるやもしれん。

今となってはそれだけが願いよ。

あとがき

この度は『項羽と劉邦、あと田中』第三巻をお手にとっていただき、誠にありがとうございます。

続巻の難しい昨今の厳しい状況にもかかわらず、三巻を出版することができましたのは皆様の御愛顧によるものと重ねてお礼申し上げます。

さらにはこの巻と同時発売で漫画版『あと田中』１巻も出版されることとなり、言葉では表せない喜びを嚙み締めております。

コミックＰＡＳＨ！様にてｗｅｂ連載中の漫画版は、亜季乃千紗先生によって描かれた小説版とはまた違った魅力に溢れる田中達が躍動しており、私もただのファンとして続きを楽しみにしております。

そしてその続きを読みたいなら自分が書かねばならないという……なんとも不思議な気持ちですね。

さて本巻では時代の主役達が活躍を始め、田横達の斉はその躍進の影で厳しい状況に追い込まれ、決断に迫られました。

人と人とがぶつかり合う古代の戦争に圧倒され漫然と流されていた田中もまた、蒙琳さんに背中を押され大きな決断をしました。

田横達から離れ、項羽、劉邦のいる楚へと旅立った田中の前には、彼らだけではなく一癖も二癖もある人物達が現れます。

そんな時代の蠢く中心地に向かった田中は役目を果たして田横や蒙琳さんの待つ斉へ帰れるのかは、また次巻で書けたらと思います。

最後になりましたが、引き続き拙作の出版に関わって下さった主婦と生活社様を始め関係者の方々、そして変わらず最高のイラストを描いて下さった獅子猿先生に篤く御礼申し上げます。（本書のカバー後ろの、御者を務める田中と威風堂々と気炎を上げる田横のイラストが凄くお気に入りです）

そして今、本書を読んでくださっている皆様にも、最大の感謝を。

漫画版も合わせ、これからも『項羽と劉邦、あと田中』をよろしくお願いいたします。

二〇二〇年六月吉日　古寺谷 雉

この本を読んでのご意見・ご感想・ファンレターをお待ちしております。
〈宛先〉　〒104-8357　東京都中央区京橋 3-5-7
　　　　　（株）主婦と生活社　PASH！編集部
　　　　　「古寺谷 雉」係
※本書は「小説家になろう」（https://syosetu.com）に掲載されていたものを、改稿のうえ書籍化したものです。

項羽と劉邦、あと田中 3

2020年7月6日　1刷発行

著　者　古寺谷 雉
編集人　春名 衛
発行人　倉次辰男
発行所　株式会社主婦と生活社
〒104-8357　東京都中央区京橋 3-5-7
03-3563-5315（編集）
03-3563-5121（販売）
03-3563-5125（生産）
ホームページ　https://www.shufu.co.jp
製版所　株式会社二葉企画
印刷所　大日本印刷株式会社
製本所　共同製本株式会社
イラスト　獅子猿
デザイン　Pic/kel
編集　山口純平

　ISBN978-4-391-15433-7